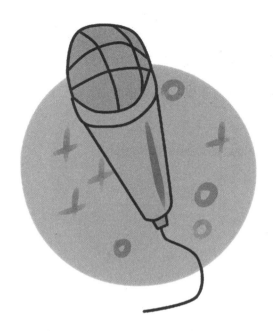

朗诵者
LangSongZhe

冯耀 著

电子科技大学出版社

University of Electronic Science and Technology of China Press

图书在版编目(CIP)数据

朗诵者 / 冯耀著. -- 成都 : 电子科技大学出版社，
2018.6

ISBN 978-7-5647-6296-4

Ⅰ.①朗… Ⅱ.①冯… Ⅲ.①朗诵—语言艺术 Ⅳ.
①H019

中国版本图书馆CIP数据核字(2018)第105812号

朗　诵　者
LANG SONG ZHE

冯　耀　著

策划编辑　　杨仪玮
责任编辑　　杨仪玮

出版发行　电子科技大学出版社
　　　　　成都市一环路东一段159号电子信息产业大厦　邮编　610051
主　　页　www.uestcp.com.cn
服务电话　028-83203399
邮购电话　028-83201495

印　　刷　四川煤田地质制图印刷厂
成品尺寸　170mm×240mm
印　　张　10.25
字　　数　163千字
版　　次　2018年6月第一版
印　　次　2018年6月第一次印刷
书　　号　ISBN 978-7-5647-6296-4
定　　价　49.00元

序

我认为，给自己的作品写序言，从来就是一件最难的事。

为什么？因为作者想要表达的、乐于倾诉的，都已经包含在作品里，写序言不是续貂就是反刍，想写好自然很难。所以一般来说，比较取巧的做法是：表达一下对自己作品的褒贬，或者简要阐述作品的成因。不过有心的读者如果肯细读，自然会有自己的褒贬，不以作者的意志为转移；或者能从作品的线索中推测发现作品跟作者自身的关系，明白作者所写总不是空穴来风（玄幻类小说可做别论）。故而序言依然显得画蛇添足。

不过，文学作品由作者本人作序似乎早已经约定俗成，所以总得要说上几句话。面对这样不可不为的事情作者对付的办法通常有两种：聪明狡黠的作者如钱钟书，只画龙点睛寥寥数笔，于短小精悍中收"言有尽意无穷"之效；拙劣颟顸的作者如鄙人，本无高谈妙论要表达，只好废话连篇来塞责，譬如上述这啰啰唆唆一大堆。

但我还要再说上一大堆，为什么呢？《红字》的作者霍桑有云："最精妙的语言也有百分之九十九是废话。"逆推论的结果就是：我刚才已经说了这么多废话，自然就有真相隐藏其中了。

那么，真相到底是什么？要明了这个问题，首先需要自我解答另一个问题：我作为从事朗诵艺术的工作者，为何要来越俎代庖，做小说家们该做的事呢？这个问题乍一听哗众取宠，其实答案却很简单，并非仅仅出于对文学的热爱：为朗诵艺术量身打造的文学作品，鄙人这本书是当之无愧的开先河之作，历览中国文坛乃至世界文坛——恕我孤陋寡闻——至今为止未见一本同题材小说作品，因此说鄙人的《朗诵者》"前无古人"，无乃

朗诵者·
LANG SONG ZHE

实情乎?

"前无古人"并不值得自豪,因为这本书受作者眼界、才力、格局、生活阅历所限,内容实在太狭隘了,专业术语又多,难免使读者昏昏欲睡。但我担心的事情是至少在我有生之年,以朗诵为主题的文学作品都"后无来者",如果真这样就太可惜了。而且这种情况出现的可能性还相当大,此又何故也?一言以蔽之——搞写作的一般不懂得朗诵,搞朗诵的通常没兴趣写作。按说双管齐下的能人在偌大中国自然多如过江之鲫,不过有心玉成此事的人却至今付之阙如,所以只好由我这样既从事朗诵工作又喜欢闷头读死书的人来着手了。写这样一本篇幅并不算长的小说本非难事,但有人不愿为,有人不屑为,有人不能为,今日我则为之,投机之意甚明矣。

曾经深以孔夫子的话"鸟兽不可与同群"而感慨,因为鄙人就一向以鸟兽之间的蝙蝠自居——爱读书,书却读不好;干朗诵,朗诵也不见佳。不过或许恰好因为这种中途半端的身份,造物者特地派遣我完成《朗诵者》的写作使命也未可知,并且"舍我其谁也?"无怪乎我写这部书的时候浑身上下充满一种使命感,原来是因为造物主赋予了无穷的创作原动力呢。

好了,说了百分之九十九的废话,终于换来了这最后一句的真相,于愿足矣。

是为序。

冯　耀

2018年5月10日

有句名言说：如果你的工作你不喜欢，但为了吃饭必须干，那叫职业；如果你的工作你很喜欢，又能吃饭，那叫事业。而生存的乐趣就在于：把职业想方设法变成事业。可是，无数的人为了事业去寻找职业，最后所收获的成果仍然是一份职业，或者说为了职业放弃了事业。因为如果把职业变成了事业，那就没法吃饭，注定要成为饿死了事的冤业了。

　　于是，一个新的名词诞生了：票友。而票友爱做的事情就是：玩票。

　　我们眼下这个时代可以玩票的对象特别多，比如朗诵就是其中一种。

　　有一年我跟我们中国赫赫有名的配音王子童自荣通电话——那时他已经退休了——他问我："你所在的城市有朗诵团吗？"我愣了一下，回答说没有。他接着说："很多大城市都有朗诵团，是各行各业的语言工作者和爱好者们在政府宣传部门领导下组建的，你们也应该有啊"。我说："哦，对啊，那……我们也可以试试看。"

　　放下电话，我轻轻叹息了一下，心说：真要成立了朗诵团，谁来给团员发工资？团长？政府？赞助企业？就算完全无偿付出吧，非营利机构能有多大凝聚力呢？尤其在我们这个充满压力、焦虑的时代？还有，谁有如此能耐去策动政府组建这样毫无市场价值的机构？

　　算了，一介草民操心这些干啥，还是说咱们的故事吧。

（一）

　　几乎无人将朗诵视为终身职业，但的的确确有不少人把朗诵作为强烈爱好，林像枫便是这批票友中的一个。

林像枫最早在广播电台做播音员，后来到传媒大学当老师，教授的内容是艺术语言，比如播音、主持、配音之类，当然也包括朗诵。

学艺术的学生如果要考传媒学院的播音主持系，朗诵是很重要的一环，只是在艺考上的名字稍微有些术语化，叫作"自备稿件"。

因为有考试要求，所以艺考学生大多把朗诵视为敲门砖，一旦考试通过了也就弃之如敝屣了。除非为了参加朗诵比赛好给自己的学习生涯镀金以外，一般情况下很少再想起它。于是朗诵这门语言艺术就像北方饺子一样，除了过节那一天，没有特别看重它的理由。

但作为语言艺术重要形式的朗诵毕竟充满独特的魅力，因而也有不少学生像林像枫一样对它葆有强烈而持久的爱。林像枫于是干脆牵头组织成立了大学生朗诵团，每年举办一次大型的朗诵比赛，平时定期给学生上朗诵课——都是义务性质——即使累得口干舌燥、腰酸背痛、筋疲力尽也乐此不疲。

林像枫文学功底很好，也许这就是他对朗诵的理解高人一等的原因。他爱读古诗词，精通古文，读过很多外国名著，从小就喜欢看译制片，崇拜优秀配音演员，自己又天生拥有一副亮嗓——这一切都铸就了他丰厚的语言底蕴。

下面一个小花絮可以看出林像枫独特的审美情趣，也能看出他在学生中的高人气——

一个秋天的黄昏，夕阳把西天燃烧成一片赤金。林像枫吃完晚饭，正要去朗诵团上课，路过人工喷泉的时候，看到白色水花在夕阳的映照下结成金身雕塑，觉得充满美感，情不自禁驻足观望，灵感忽至，口中喃喃地吟出了两句诗：

"云浮远山碧，浪卷夕阳红。"

忽然听到耳畔传来女孩子的声音：

"林老师！"

林像枫回头一看，是个脸圆身短伶俐可爱的小姑娘，看着眼熟，但叫不出名字，猜想应该是自己的学生才对，不过因为教过的学生太多，一时挂不上号，于是含笑问道：

"呵呵，同学好，你是哪个班的？"

那个女生狡黠地吐吐舌头，也含笑问道：

"林老师，我每天上课都坐第一排，怎么就记不住我了呀？"

林像枫还没来得及回答，小姑娘就快人快语地抢着说：

"我叫孟莉，孟婆汤的孟——就是你教我们朗诵的那首诗里的那个孟，莉是茉莉花的莉，林老师别忘了哦！"

林像枫从此记住了孟莉的名字。孟莉又问他：

"林老师，你刚才在朗诵什么呀？没怎么听懂呢！"

林像枫告诉她说，这是自己刚才兴之所至随口吟的两句诗，酸溜溜的，不值一提。

孟莉用一副不信任的眼神上下打量他，撇撇嘴说："林老师骗我！我们班同学都说你是才子呢，肯定是很精彩的诗句啦，快告诉我吧！要不全班不饶你！"

知道了答案后，孟莉格外开心，一边嘴里念叨着这两句，一边认真地问："老师，你是怎么想到这么精彩的语言的呢？"

林像枫呵呵一笑说："其实没啥秘诀的，有句话不是说得挺好么？'生活中不缺少美，缺少的是发现美的眼睛。'我喜欢观察，喜欢思索，又喜欢无聊瞎琢磨，所以就瞎凑了这么两句——不过我自己倒是挺喜欢的。"

孟莉两眼放光："太好了老师！难怪大家都喜欢你，你真是太有才气了！以后你永远都是我师父，毕业后我也不会忘记你！"

"呵呵，干吗那么见外？你离毕业还早吧？"

"提前起誓不好吗？我还要跟你混好几年呢！"

"呃……好吧，那你一定要参加全国朗诵大赛而且获得好成绩，要不我不认你做弟子哦，呵呵……"

"嗯，好吧，师父，我一定等着你检验，吃饭去了，再见！"

这样看起来，林像枫的大学教师生活还是颇为惬意的，如果不是遇上了人称"金刚"的磊爷的话……

（二）

在中国的大学里"混日子"是要讲究门第、出身和文凭的，这些东西就像是名牌服饰、钻石项链和劳力士手表，如果没有你就会觉得一身都寒酸，腰板都挺不直，卑躬屈膝、忍辱负重也无济于事。而实力就像内衣，再漂亮、贴身、舒适，别人却不能一眼直接看到，尽管"腹有诗书气自华"，只要它存在就像女人的曲线一样惹人联想、垂慕，但却很难有人会在第一时间发现它，认识它。

林像枫脾气直爽耿介，对看不惯的事情连正眼也不看一下，也不会溜须拍马、逢场作戏，结果当年一来到传媒大学授课就碰了个大钉子。

按说以林像枫的专业在播音主持系授课本属天经地义。可是播音主持系的掌门人是个年过七十的老爷子，名唤公孙磊，人称磊爷，因为体型壮硕、嗓门洪亮，于是学生私下里送了他个绰号曰"金刚"。这磊爷自恃资历深、职称高，对年轻一代总看不顺眼。他有种莫名的怀旧情结，眷恋以前"假大空"的播音模式，就像清朝的遗老心里无限思念以前宫廷生活一样，对过去的荣光缅怀不已，对后来的社会变革充满恨意，把怀抱创新精神的年轻人一律视为眼中钉肉中刺，必欲除之而后快。传媒业的发展突飞猛进，恰与磊爷与日俱增的怀旧情绪成正比，自然磊爷除了拼命打压后辈之外，没有别的生活乐趣可以选择喽。说也凑巧，学校的校长特别支持磊爷的打压政策，觉得这是让所有人恭恭敬敬臣服的不二之选，磊爷从此就像老牛插上了翅膀，连遥不可及的山野嫩草也可以企及了——当然这是后话。

林像枫在广播电台工作时，起初觉得得心应手，时间久了却渐渐进入螺旋状态，感到无法再超越自我，又加上广播电台被电视媒体冲击得效益每况愈下，成为21世纪初的夕阳产业了，因此几经斟酌，最后他跟几个同事一起选择了离职。顺利应聘到传媒大学后，林像枫只想安安心心认认真真从事教学工作，多培养几个优秀的节目主持人，这样学校可以扬名，自己内心也觉得充实而宁帖。他在一线工作多年，心里很清楚：传统的播音教学模式已经不再适应眼下市场的需求，只有按新闻里经常说的"大胆改革，锐意创新"，才有可能在激烈的市场竞争里觅得一席立锥之地。古诗里说："问渠那得清如许？为有源头活水来。"这"活水"就是创意无限的即兴主持。因此，果断摈弃传统的新闻播音教学模式，改弦更张以新颖的脱口秀实践，才是未来语言教学的不二之选。但当他在教学研讨会上将这一思路大胆提出后，可就得罪磊爷不浅了。

磊爷没想到在播音界飞扬跋扈这么多年，居然有个天不怕地不怕的浑小子敢到太岁头上动土，公然挑战自己的权威：好吧，你敢摸我老虎屁股，我就叫你体无完肤！于是磊爷把林像枫的所有建议全部斥为无稽之谈、三家村语，以为这小子能识相懂收敛，没想到林像枫也牛性，"舍得一身剐，敢把皇帝拉下马，"硬是不承认自己的提议有任何问题，反而直斥磊爷观念陈旧、思想保守——一时间会场火药味十足，大有火山爆发的味道。

虽然有校长出面圆场，但两人却从此结下了梁子，磊爷首先架空了林像枫朗诵团指导教师的职务，而且一有机会就在校长面前百般诋毁林像枫；林像枫也年轻气盛，随时吐露对磊爷不恭的言语。俩人因为公事发展成私怨，故事的头绪可就仿佛断线风筝一般越扯越远了。

虽说"自古英雄出少年"，但强龙难压地头蛇，何况是磊爷这等八面威风的人物。所以林像枫本已对前途心灰意冷，没想到天无绝人之路，一个意外的机会仿佛七仙女垂青放牛娃董永一般在对他招手，绝处逢生的感觉好极了。

（三）

都说知识分子脾气倔、架子大，不过在林像枫看来，很多诸如此类的表现都是故作姿态罢了，其实丝毫也不值得效仿，比如磊爷就是这类典型；但的确也有人是因为拥有真才实学故而对世俗的东西不屑一顾，只是由于饭碗原因不得不从俗罢了，林像枫自诩便是这类人。

因为得罪了磊爷，林像枫从此便如浮云一般，过起了卷舒无心、不由自主的生活，在各个系之间飘来飘去，难求一时安定。申诉无地，求告无门，林像枫此时感叹县官不如现管，毕竟"上帝深宫闭九阍"。结果，这样的生活在辗转五年之后，却有了突如其来的变化。

学校庆祝成立十周年大会的时候，校长钱泰铎想朗诵一首原创七言绝句，而身边的秘书无人能写出一首像样的诗，这时有人推荐了林像枫。林像枫写完时，钱校长最初也并不满意，但经过润色改动后，钱校长朗诵起来突然特有感觉，从此林像枫的才子名声就不胫而走了。

前文说林像枫牵头成立了朗诵团，但没过多久就因为遭到磊爷排挤而跟朗诵团绝缘了。最新一届朗诵团的团长是播音主持系一个大二的学生，名叫吴迪，声音浑厚，器宇轩昂，大概因为少年得志，一举手一投足都有不可一世的意味。朗诵团正式上课的第一天，他就教导所有社员说："大家不要以为自己就是天之骄子！既然你们参加了朗诵团，我就要告诉你们：你们不是天之骄子，更不是德艺双馨的才子，别把自己当回事！"

吴迪人虽然狂，不把一般人放在眼里，但在真正有才的人面前却很谦卑，当他在私下里听说了林像枫的名字后，从此留心林像枫的一切，寻思找机会跟林老师交流交流。

新学期开学了，林像枫依然闲云野鹤、书剑飘零，这学期的课还是不多，而且他分到的班基本上都是学风很差的几个专科班。周三下午有课，林像枫唇焦舌敝讲了三个钟头，终于下课铃响，正打算坐校车回家，手机响了，一看是个陌生号码，接听了："喂——"

一个浑厚的声音传来："林老师您好。"

"你好。请问你是？"

"我叫吴迪，是播音主持系大二的学生，想跟您聊聊，您看有时间吗？"

"我现在得回家，有什么事找我吗？"

"哦，是有关朗诵团的事，呃……要不您先回家，我另找个时间跟您聊？"

"嗯……那这样吧，我今天先不忙回家，你来找我吧，我们在教学楼下见面。"

吴迪对林老师的印象是：身材清瘦，书卷气浓，不像磊爷金刚似的体态，但清瘦中却蕴含十足底气，看得出气息的基本功很扎实，不是只会舞文弄墨的一介书生；林像枫对吴迪的印象是：看似桀骜不驯、自命不凡，但对于真正有才华的人却顶礼膜拜，不是那种半壶水响叮当似的眼高手低的人。既然彼此印象都很好，加上年龄差距也不过十岁，于是惺惺惜惺惺、英雄敬英雄，俩人从此关系熟络，来往也频繁起来。不过因为顾虑磊爷的感受，俩人的来往一般还是在私底下，公开场合只是点头问候而已。

相识没有多久，一年一度的齐越朗诵节又拉开帷幕了。对于学艺术的大学生来说，这项比赛就好比体育界的奥运会，有着至高无上的影响力和吸引力，如果能在这个比赛上斩获佳绩，那就不枉费了四年的艺术大学生涯。吴迪想选一首别出心裁的作品参赛，思前想后，决心以一篇古文作为突破口。他找林像枫商量。林像枫最初觉得古文曲高和寡，不太容易出彩，一度表示反对，后来想想这也算匠心独运，况且古文是自己的长项，细细加以点拨还是有望发光的，于是同意了。

吴迪选择的文章是《岳阳楼记》，乍看这篇文章很简单，毕竟初中就学过，但细品之下很多地方的表达处理——比如关键的重音还有停连——并不容易，举一例："余尝求古仁人之心，或异二者之为，何哉？"处理起来就很有难度。对于古文底子偏弱或者只从表面理解的人来说，不知"或"有"居然""也许"的意思在内，就会把重音放在"二者"上。其实若连"二者"是指前文的志得意满和蹭蹬的两种人都不清楚，更遑论进一层的深入理解了——比如磊爷就是如此。而一旦理解透彻后，就会把重音放在"仁"与"异"两个地方。古人说诗有诗眼、文有文眼，这两处正恰好便是"文眼"呢，只是咱们写成文字就只好意会了。好在林像枫讲解的时候全是靠言传，效果便出乎意料得好，自然这也跟吴迪理解力强、态度认真有关。从这天起，他更认准了林老师的价值，暗暗决心要通过自己的努力让林老师在学校能从此扬眉吐气，不再被磊爷欺负——想法虽然单纯，动机却让人感动，看来世道浇漓的时代和社会在若干角落里还是葆有民心的淳朴的。

朗诵比赛的日子临近了，所有参赛的播音主持系学子都铆足了劲，准备在朗诵节的舞台上大显身手。毕竟大多数同学都是第一次参赛，丝毫没有过厌倦感与挫败感，所以个个摩拳擦掌，渴望以自己的好声音一鸣惊人。全国性的朗诵大赛又怎样？"初生牛犊不怕虎，"人人都觉得自己理所当然是NO.1，应该在声音的舞台上所向披靡、笑傲群侪呢。

结果如何呢？初赛以后，公布了复赛名单，结果令人大跌眼镜：几乎所有本校的参赛学生都铩羽而归，仅存的硕果只有团长吴迪。虽说朗诵团团长的晋级成为保住播音主持系颜面的最后一块遮羞布，但是，"单丝不成线，独木难成林，"不难想象，之前上到领导、下至学生对比赛的关注热度蓦然从白热化降至冰点以下。这也难怪大家"何所见而来，何所见而去"，毕竟第一次集体参赛就全线崩盘实在让学院脸面挂不住，但好歹还有一株独苗成为所有人残存的希望，于是所有人不约而同地给吴迪打气。

吴迪的心情空前紧张，他实在没想到朗诵团的成员们这么不争气，也绝没有想到这唯一的好运竟然降临到自己头上。如果比赛已经结束，倒也罢了，就算没拿到理想的成绩也总不必再为之牵肠挂肚，可现在马上要面对复赛，如果复赛自己被淘汰那整个朗诵团面子可要丢尽了！当荣誉不再属于个人而属于集体的时候，心理压力真是史无前例得巨大，吴迪突然觉得手足无措，简直不知道怎样才能让自己放松、冷静下来。

好在很快想到了林老师，上次是他辅导有方结果自己有幸杀入复赛，这次是不是也能托他的福继续突围猛进呢？于是吴迪又去拜会林老师，不巧的是，林像枫正遇到麻烦，没有功夫也没有心情来跟吴迪探讨所谓朗诵艺术……

（四）

俗话说："家和万事兴。"可是自古"百无一用是书生"，真正的文人事业坎坷自不必说，家庭生活往往也是一塌糊涂。以林像枫为例，鳏居多年，早已对婚姻生活心灰意冷，可是祸不单行，命运的绳索偏偏还要在关键时候来扼住他的咽喉。其实艺术家的个人生活不顺畅早已是全社会的普遍现象，在欧洲，凡·高的命运不就让人扼腕叹息么？王尔德的癖好不就在那个时代得不到社会接受么？魏尔伦、兰波的同性恋情不也在当时引起轩然大波么？莫泊桑英年早逝，托尔斯泰晚年弃家，福楼拜终生未娶，尼采死前发狂……艺术家们的命运大都悲惨苍凉，可以想象他们的家庭生活必然也不幸福了。再看看我们泱泱中华的才俊们：庄子妻死而鼓盆，杜甫屋破而放歌，柳永屈才沉湎勾栏，屈原忧国自沉汨罗——命运与外国的艺术家们殊途同归。

前面提到过的小姑娘孟莉，自从跟林老师在人工喷泉边打过照面后，就认定自己是林老师的嫡系子弟，下决心一定在专业方面不能给恩师丢脸，却没想到第一次参加全国性的朗诵比赛就输了个体无完肤，实在觉得愧对恩师栽培，回学校后哭得昏天黑地，室友不管怎样劝都没用。男朋友是比她高一级的学长，名唤徐鑫，不喜欢朗诵却对拍片子情有独钟，这次没有参加比赛，超然物外反而能坦然处之，好说歹说才劝得孟莉止住了眼泪。孟莉从伤心中自拔后，觉得必须去面见恩师才能洗濯内疚之心，于是徐鑫就陪她去见林老师。

林像枫这天正在录音室里为一部电影配音，手机开了静音，半天没察觉有电话，后来发现有未接来电，拨过去知道是孟莉找自己，就喊他俩直接来录音室见面。

孟莉第一次进学校的录音室，觉得特别好奇，东看看西望望。她一直只知道林老师是干播音主持工作的，没想到他还会配音！孟莉再次崇拜得两眼放光了，趁林老师工作间隙试探着问：

"林老师，以前咋从来没听你说起过配音呢？是不是特别好玩呀？"

林像枫笑着回答："呵呵，其实上课也说起过，只是说得少，配音的确比播音好玩多了。"

"我就觉得好玩呢！我最大的心愿就是能给动画片配音，太有意思了！那林老师，你以后可不可以教我们配音啊？"

"嗯……不太方便。"

"为啥？"

"因为你们是播音主持系呀。"

"播音主持系为啥不能学配音？不都是属于声音的艺术吗？"

"嗯——"林像枫语塞，他无法对学生直言不能教配音是因为不愿刺激磊爷敏感的神经之故，于是找了个理由搪塞，"配音属于台词表演的内容，干配音的都被称作'配音演员'呢，所以学播音的一般都不大接触配音。"

孟莉嘟着嘴，撒娇似的说道："林老师不想教我，所以才找这些理由拒绝我，我觉得都是属于语言工作的范畴，干吗要分彼此呢？会配音的播音员和主持人不是更牛么？"

"这倒是实话，不过……"

"不过什么呀，林老师？"孟莉索性更加撒娇。

"不过，不会配音也不影响干播音主持工作呀。"

"嗯，我明白了，林老师就是不肯教我！为啥呢？"

徐鑫插嘴说："林老师肯定是不方便教嘛，你干吗要这么较真呀？"

朗诵者·
LANG SONG ZHE

林老师微微一笑说："是啊，不是不肯，是现在还不是时候。"

"为啥不是时候？"孟莉刨根问底。

这时导演喊林像枫进棚，又轮到他的角色出场了，林像枫对孟莉点点头算是回答，转身进了录音棚。

透过透明玻璃窗，孟莉能清清楚楚看见录音室里的林老师配音的每一个细节——时而眉飞色舞，时而手舞足蹈，时而哀叹声声，时而涕泣涟涟，热闹处好似百鸟朝凤，寂静时仿佛曲径通幽……每一处口型都跟画面上的人物严丝合缝，简直不像是在给角色配音，而是演员自己在说话呢。孟莉崇拜得五体投地，对配音更加增添了几何倍数级的向往，暗暗决心要好好向林老师学习配音，就算他不同意自己也要软磨硬泡、死缠烂打，直到他同意为止……

这天林老师快到半夜了才把电影全部配完，没有时间和精力跟孟莉和徐鑫细聊了，于是孟莉决定第二天再到教室去找他。

第二天是星期四，趁大课间下课，孟莉到播音楼305教室去找林老师，周一她们班就在这间教室上林老师的播音课，因此她理所当然地以为今天林老师也在这里。结果到教室一看：空空如也，完全不像是上过课的样子。她恍然明白今天林老师不在这里上课，但他这会儿又会在哪里呢？忽然想起林老师告诉过她，自己这学期的课很少，很多时候都不在学校，难道今天他正好没有课？她寻思：像林老师这样风趣生动幽默的老师既然那么受到像自己一样的学生的追捧，应该课很多才对呀？播音系好多老师讲课干巴巴地少盐没味，又板着一张脸，仿佛学生上辈子欠他家五百大洋一样，这样的老师偏偏课还多得上不完。别人不说，就说磊爷吧，上课无聊死了，一节课45分钟有40分钟是在吹嘘自己过去的光辉岁月，听着听着瞌睡虫就不可阻遏地前来光顾了，唯独上林老师的课自己从来没犯困过……她想起系里好多风言风语，说林老师因为得罪了磊爷，所以只好坐冷板凳，难道这些传言都是真的么？她猛地一激灵，想起昨天林老师推说不教自己学配音的原因是"不太方便"，难道是因为磊爷讨厌配音，所以林老师不愿再刺激磊爷的敏感神经么？可为啥磊爷要讨厌配音呢？——孟莉虽然才18岁，今年刚上大一，可这个安徽小姑娘秉承了江淮人的天性——凡事喜欢刨根问底，又具有一种与生俱来的正义感，下决心要把个中疑问摸个水落石出。

人一旦心中有了惦念的事，就会觉得时间过得格外缓慢。接下来的几天孟莉度日如年，恨不得马上就到下周一，好让自己的好奇心赶紧得到满足。她把自己的心情跟徐鑫分享，希望听到徐鑫几句宽慰的话，谁知这木头疙瘩不以为然地说：

"我看你就是瞎操心、乱猜测，听到一点风言风语就见风就是雨，磊爷多牛的人啊，怎么可能跟林老师这样的年轻人一般见识？"

孟莉脸上泛起红晕，这是她心里着急的一贯表现，她带着几分气恼又几分戏谑地说：

"是啊是啊，'风言风语''见风就是雨'，你大一的绕口令练得不赖呀！说话一套一套的，你们这些'男森'们是不是都很崇拜你们的磊爷呀？"

磊爷作为系主任，年纪一大把，嗓门又故意提到高分贝，"男森"们崇拜这样的男神也正常；不过像孟莉一样的"女森"们可就不一定喽，她们觉得磊爷的声音像打雷一样吓人，虚张声势的成分多，对艺术含金量却要打上问号，当然她们只是在心里疑惑，并不形诸辞色。

徐鑫听见孟莉含讥带讽，心头不爽，沉下脸来说：

"难道我说错了吗？磊爷本来就牛，要不咋当上系主任呢？还是西南地区的播音一霸，你能说他不牛？我不该崇拜吗？"

孟莉脸上的红晕迅速消退，好像太阳躲进云层，眉弯下的双颊蒙上了冷灰色，仿佛明月映照积雪。她嘶哑着嗓子说：

"你爱怎么崇拜怎么崇拜吧，反正我不喜欢听他的课，一节课有大半节课是吹自己过去多么多么了不起，多么多么有名气，都说'好汉不提当年勇'，你们的磊爷为啥就总喜欢提当年勇呢？"

"提当年勇又怎么了？就怕没当年勇可提呢！"

徐鑫也知道孟莉说得有道理，可嘴上不服软，他虽然没有上过林老师的课，但他对林老师的印象其实挺不错，只是不甘心这么快就被孟莉把自己的偶像抹一脸黑，万一被别的男生知道对自己在系里的发展也有碍，毕竟毕业后很有可能选择留校。这种丁是丁卯是卯的态度终于激怒了孟莉：

"徐鑫你太过分了！干吗我说一句你就顶一句？你一个大男人跟我女

朗诵者·
LANG SONG ZHE

孩子较什么真?"

　　说罢,她夺门而出,徐鑫想拦没拦住,眼睁睁地看着她去了。

　　这天以后,几天孟莉都不搭理徐鑫,电话不接,短信不回。徐鑫一生气,也懒得再去一道歉二赔礼三鞠躬。结果有天孟莉给徐鑫发短信问自己的播音书是不是在他那儿,他回短信说没有,后来一想又回信说如果你要得急,我先把自己的书拿给你用吧,就这样两人又言归于好了。

　　好容易挨到周一,孟莉上午大课间就去305教室找林老师,看到林老师正在过道上接电话,满脸凝重的样子。她不便打搅,静静等候了半晌,才见林老师放下手机沉思一会儿,然后准备进教室,她赶紧三步并作两步追上林老师。

　　见是孟莉,林老师有些惊讶,蓦然明白了她的来意,苦笑了一下说:"你这小丫头真够锲而不舍的,不达目的誓不罢休啊!"

　　"嘿嘿,那是当然啦!要取得真经不付出毅力是不行的,哈哈!那林老师你是不是答应教我了呀?"

　　"唉——"林老师长叹一声说,"孟莉,其实不是我不肯教你,是因为我们这里对'配音'两个字很敏感,不方便教……"

　　"为啥不方便呢?学生想学什么就应该有选择什么样课的自由才对呀!我听说别的学校都有配音课呢!"孟莉把"锲而不舍"的精神诠释得淋漓尽致。

　　"可我们这里情况不一样……"话音刚落,上课铃响了。

　　孟莉索性给室友刘梦含发短信,如果老师点名的话,让她代为自己答到,然后坐到最后一排听林老师今天给别班的学生讲什么。

　　在孟莉所在的本科17班,林像枫担任的是他自己一直不甚喜爱的新闻播音课,但孟莉觉得林老师讲得挺好,要言不烦,繁简得当,偶尔也会轻松地幽默一下,或者突然变个怪声吓大家一跳,然后全班哄堂大笑。可惜这样好玩的时刻毕竟有限。孟莉觉得让林老师主讲这种机械死板的新闻实在太屈才,应该有他更适合的课程才对,比如说语言表达什么的,但表达这门课几乎是磊爷一个人垄断,城门固若金汤,别的老师根本无法越雷池一步。那还有什么课适合像林老师这样感情充沛的人呢?上周她终于知道答案了——不就是配音课吗?

可惜林老师始终没说明为啥在"我们这里"配音课不方便开，孟莉已经猜想过多半跟"金刚"磊爷有关了，这是她的第六感，而我们知道女孩子的第六感一般都很准。

今天这个班的学生似乎很活跃，交头接耳的、左顾右盼的、伺机溜号的……为数不少，相形之下，孟莉所在的17班学生就太老实了，老实得甚至有些死板。不过孟莉也很诧异地看到：坐在前排的同学不仅认真听讲，还喜欢跟林老师打趣，笑声连连，一片其乐融融的气象，跟教室的后半排画出泾渭分明的两个阵营。她偷偷问身边的学生，才知道原来这个班是专科6班。以前经常听老师说专科班底子差难管教，今天一见觉得也不尽然：两极分化的确严重，但前排同学的活跃气氛不也让人赏心悦目么？至少本科班缺乏这样热情互动的氛围……孟莉觉得今天的翘课挺上算。

后来林老师上课所讲的内容更令她瞠目结舌：很多内容都跟配音、表演密切相关，林老师的才气一览无余，不像跟她聊天时那种吞吞吐吐、欲言又止的感觉。她于是再次问身边的学生，才知道原来林老师上的是专科班的语言表达课，果然只有这类课才是林老师充分表达才气的舞台呢！她听得津津有味，遗憾为啥林老师在自己班上只能讲那枯燥无味的新闻播报。

放学了，孟莉没想到时间过得这么快，她觉得还意犹未尽。林老师这时喊她："孟莉，你今天没课吗？"

孟莉撒谎说是的，约林老师说赏脸吃个饭吧，一边给徐鑫打电话喊他赶快过来，一起上街吃饭。

林老师终于答应教孟莉学配音了，时间是每周一下午放学后的一个小时，徐鑫愿意学的话也可以来，还特地嘱咐他俩保密，不要对别的同学说，免得磊爷知道又要发威。

可是教室里上课毕竟太显眼，很快好几个同学就发现了林老师专门给孟莉开小灶，一打听原来是在教配音。虽然孟莉千叮咛万嘱咐她们别声张，可是呢，不到半个月时间就尽人皆知了。

不出林像枫意料，磊爷知道这事后火冒三丈，大发雷霆，开大会严厉批评个别老师不遵守教学规定，给学生讲跟播音教学完全不相干的内

朗诵者·
LANG SONG ZHE

容，上报学校要求按教学事故进行处罚。钱校长见事态严重，找林像枫单独谈话。

虽说钱校长爱惜人才，无奈不好太违拗磊爷的面子，于是对林像枫从轻处罚，扣发课时费300元，不做通报批评。

林像枫一气之下想离开学校去别处发展，钱校长自然好言劝慰，后来林像枫心里一想这样被活活气走正好遂了磊爷的心愿，不如干脆留在学校做磊爷的眼中钉，让他心里不爽也算一种快意复仇。但无论如何，这种夹缝中求生存的感觉都是憋屈极了。

（五）

所有老师和学生的目光现在都聚焦在吴迪身上，希望他复赛能够脱颖而出，连磊爷都不惜放下身段主动辅导。但吴迪跟磊爷练习了三周，觉得形式上嗓门倒是变得更加洪亮，可情感处理上没有丝毫收获，他还是决定偷偷去找林老师。

林老师说："现在我的情况你大概也知道，不方便再跟你一起练习了，要被公孙主任发现，你跟我都有大麻烦，你自己好好揣摩下吧。"

吴迪说："我们偷偷练习，不被发现不就没事嘛。"

"咳，没有不透风的墙！你看我教孟莉配音，而且还是利用课后时间，都挨了主任的处分，他既然亲自带你，你又来找我这个他最看不惯的人，你说他会怎么想？他气我没关系，反正提到我他就不爽，但对你就不一样了，得罪了他，你的团长还干不干？毕业会不会遇到麻烦？这些问题你想过没有？咱们最近最好少接触，等风头过了再说吧。"

眼看复赛的日期临近了，吴迪对自己的作品越来越没信心，对磊爷的朗诵水平也彻底大跌眼镜。以前吴迪觉得磊爷人虽然有点顽固，但艺术造诣理应很深，现在才知道人品原来在很大程度上跟艺术水平是画等号的，无怪乎活了一大把年纪也只好靠资历、年龄、职称……这些跟艺术无关的东西硬撑着主任头衔。不过令吴迪觉得匪夷所思的是：磊爷既然老迈年高，理应退位让贤，请有才能的人来接班才对，为什么钱校长还要他担任播音主持系的掌门人呢？就算是德高望重，也不应该在自己的位置上为所欲为、排除异己！……

不过这些天马行空的胡思乱想却丝毫无补于眼下的困境，比赛时间一天紧似一天，吴迪的状态却每况愈下，如何能不心急如焚？他已经决定死马当活马医了，大不了比赛失败遭人白眼，以后辞去朗诵团团长职务，安安稳稳混到毕业找个工作，把大学时代的记忆全部贴上封条束之高阁就得，不再追求所谓语言艺术，不再奢望实现多少雄心壮志，只要毕业后能在乌托邦似的环境里生活就好！

　　还有三天就要复赛了，吴迪突然接到了林老师的电话："吴迪，马上要比赛了，你最近三天怎么安排？"

　　吴迪很激动，赶紧说自己没有安排，希望听到林老师当面教诲。

　　"那这样吧，下午咱们在人工湖见面。"

　　三月的人工湖春意盎然：碧绿的杨柳枝像春姑娘修长的臂膀，枝梢如纤细的手指一般伸进透明的湖水里，撩拨着鱼儿们思春的心；鱼儿成群结队地聚拢为一堆不肯离去，水面白鹭忽来，鱼群瞥然惊散，一圈一圈的涟漪便轻轻地漾开来，像琴键奏出的天籁之音，也仿佛韵味十足的诗歌朗诵。

　　在榆树的浓荫下，在阒静的人工湖边，林像枫和吴迪这对半师生半兄弟的票友辛苦练习了三天，吴迪终于重新找到了初赛时的那种自信，踌躇满志地踏上了复赛的行程。

　　复赛的评委阵容空前强大：最高等学府的主要学科带头人、中央电视台著名主持人、一线的知名演员——不少在屏幕上看熟见惯了的面容都入主了评委席。吴迪突然觉得自己很为学校争气，能在强手如云的阵容里脱颖而出进入复赛，本身就已经是莫大的胜利，看评委阵容就知道是对复赛质量的肯定，就算没进决赛也不遗憾了！结果这种心态使得复赛中他的发挥出乎意料得好，当场就有评委对他的表现做了很高的评价，所以比赛才进行到一半吴迪就已经很有信心自己能进决赛了。

　　因为决赛就在三天后，所以吴迪可以等比赛全部结束后再打道回府。这时他想得最多的并不是自己如何不辜负学校领导和播音主持系领导的期望，而是林老师这位好大哥对他的殷殷照顾、拳拳关爱。关键时刻总是林老师雪中送炭，这样的好老师却在学校遭遇这么不公正的待遇，实在太让人不平了！吴迪暗自决心回学校后就把林老师的功绩在全校广为传播。

不过眼下还得聚精会神迎接决赛，成绩越好就是对恩师越大的报答，回学校为林老师"申冤"呐喊也更有说服力。吴迪抱着这样的心态迎接决赛，突然又开始莫名地紧张，悬想着自己在决赛舞台上的表现，竟然会全身都战栗。他正在用全副精力摆脱这种战栗状态的时候，林老师来电话了。

电话里林老师没有只言片语说到比赛，只关心地问在北京吃得好不好，住得习不习惯，有没有去什么名胜古迹转转。吴迪说自己去了定陵玩，林老师特别有兴趣，说地下宫殿是自己从小就向往的地方，只是没有机会来玩，真羡慕他这次可以近距离接触这种文化瑰宝。吴迪忍不住问对付决赛有啥讲究，林老师呵呵一笑说没啥讲究，就当完成任务，但是好玩的地方一定得去，故宫、颐和园、北海、长城、鲁迅博物馆……

比赛前一天，吴迪来到了鲁迅博物馆。他对鲁迅没多大兴趣，但因为林老师托他买本鲁迅书目，这是只有在鲁迅博物馆才有得卖的书，所以再远再累也得帮助恩师完成心愿。以前并不知道林老师喜欢鲁迅，两人从来没聊过这方面的话题，他还有些想不明白：林老师为啥会对鲁迅这样的老夫子情有独钟呢？等到参观完鲁迅故居，他才恍然大悟。

走过一条狭窄的古老胡同，映入眼帘的是一扇油漆已然剥落的黑色木门，一看就染上了浓浓的历史气息。看惯了高楼大厦、酒绿灯红，吴迪一时颇不习惯这里的沧桑之感，想到此行的目的，一咬牙硬着头皮进了小小的四合院，一股丁香花的淡雅气息扑面而来，倒是觉得有几分惬意。不过世界闻名的大文豪居然住在这样逼仄的老屋里，确实太出乎意料了！吴迪突然觉得林老师让他来的用意有些特别了：这突如其来的惊讶之感不就是明证么？

三转两转，来到一间小小的斗室，又窄又矮，不过托了大块玻璃窗的福，小屋里的光线倒格外好。屋里除了墙角的一张单人床外，绝大部分的面积被一张书桌和一把藤椅占据，使得剩下的面积只能见缝插针地布置出可怜的一点会客空间。听导游说这就是鲁迅的卧室，也是他写作的地方。吴迪更惊讶了：莫不成大文豪的文章都是在这样恶劣的环境里写成的？换了自己连多坐一会的工夫都很难受呢，更别说静坐下来写文章了！看来创作的确要"忘我"才行呢——对呀！朗诵不也要达到"忘我"的境界才能自如发挥么？

在回宾馆的地铁上，吴迪衷心佩服林老师：不掺杂一点说教，自己就整个醍醐灌顶地大彻大悟，可以摈弃一切杂念全身心地投入比赛了！他兴奋地把今天的观后感讲给林老师听，林老师只是淡淡地说声"你觉得彻悟了就好"，吴迪更觉得林老师简直是穆罕默德式的人物了。

决赛开始了，和复赛相比，决赛评委阵容堪称"梦之队"——传媒大学校长、全国最高等级电视台当家主持、台湾地区主持界"一哥"和"一姐"、一线当红演员、身价最高的著名作家、诺贝尔文学奖获得者……吴迪看得眼花缭乱，好在他现在已经进入宠辱不惊的境界，无论多大的腕儿出现他都不会乱了方寸。当然这样的心态一定能确保他正常发挥，虽然明知不能名列前茅，不过已足令自己欣慰了。

吴迪最后的成绩是三等奖，颁布成绩的时候，观众席上掌声一片，因为这是有史以来第一次北京市外的选手获得了三等奖。现场主持人采访吴迪，问他有什么感想，他喃喃地说："首先要感谢我的恩师……"

大家都认为这是一句套话，掌声反而更加热烈。吴迪接下来说了一大串对林老师的由衷感激之言："我的恩师名叫林像枫，他在我的学校并不出名，可是在我心中，他是最优秀的语言教师，默默无闻勤勤恳恳，才高八斗学富五车，有文化有水平有能力有师德，我希望林老师能够活得幸福点儿，能够找到真正适合发挥自己才能的舞台！他才是真正的艺术天才，真正的无名英雄……"会场的掌声沉默了，人人屏气凝神谛听，忽然爆发出震耳欲聋的掌声。吴迪的眼睛湿润了，一种无比快慰与喜悦之感袭上心头……

林像枫知道吴迪的成绩后毫不动容，似乎他早已成竹在胸，料定吴迪肯定不会名落孙山。以后几天，林像枫按照常态生活，一切按部就班，一如既往，虽然在播音主持系，吴迪的好成绩已经在上上下下炸开了锅。磊爷倒是红光满面，因为对吴迪在京城领奖台上的发言并不知情，认定他定视自己为前世伯乐、今生恩师，故而为自己的得意门生斩获殊誉而心花怒放……

难道林像枫不想趁着这个难得机会，为自己的职业生涯挣上一份绝好资本吗？但苦恼人的心事如鱼饮水冷暖自知，他明知道自己挣不到这个资本，就好比马儿跑了马赛第一名，可领奖的却都是驭手一般。一个文弱书生在这个世道求生存，好像一艘帆船在大漩涡里挣扎颠簸，随时可能倾覆，只好战战兢兢勉力行驶罢了。林像枫经常天真地想：既然为学校的发展奉献了一己之力，学校自然不会等闲视之，合适机会一定会回报自己的，何必在乎一时得失呢？难道作为最高学府的领导，会不明白人才就是一切的道理么？

艺术学校的生存现状就是如此，只要你安分守己，就绝无失业之虞——林像枫可以庆幸的仅此而已。吴迪的庆功报告就在这样的气氛下拉开了帷幕。

（六）

孟莉知道吴迪载誉而归，心里又是开心又是羡慕，很遗憾为什么在这个最高舞台上领奖的人不是自己。不过当她得知林老师为吴迪的好成绩立下汗马功劳时，一切的遗憾都烟消云散了：才高八斗的林老师终于可以在学校扬眉吐气不受欺负了！还有什么比这样的消息更让人快乐的呢？

五月的初夏，一切的阴霾都在灿烂阳光的照耀下烟消云散，好天气意味着好运道的来临。孟莉浴着清晨的阳光，兴冲冲地走在去主教学楼上课的路上。这时，一个声音叫住她："孟莉！"

见到是林老师，孟莉心里快活得沸腾了："林老师！好开心，怎么是你？我正想给你报喜呢，师父！"

"呵呵，我知道你要向我报什么喜……"

"师父，原来你知道了！"

"是啊，知道了！好事传千里嘛……"林像枫不紧不慢地说。

"师父，你为啥不激动呢？这可是……呃……百年不遇的好成绩呢！"

"的确是好成绩——不过，有什么可以激动的吗？"

孟莉惊愕得张大双眼：难道这没什么可以激动的吗?！学校建校以来史无前例的好成绩，对于多少艺术学院而言是多么可望而不可求的事情啊！她突然很愤恨林老师冷若冰霜的态度，不想再跟他推心置腹下去。

没想到林老师偏偏扭着她不放："孟莉，你听到这消息很激动吧？"

"嗯……"孟莉不置可否地点了点头。

"好的，不过你也许不知道这事跟我毫无关系呢？"

"啊？——"孟莉一时回不过神，"林老师，我知道这事前前后后都是你在忙活，怎么说会跟你没关系呢？"

"只要吴迪获得好成绩就好……"林老师喃喃地说。

孟莉以为林老师只是谦虚说这番话罢了，并没有太放在心上。

几天后，吴迪的好成绩就用大红字体的横幅在全校挂了个铺天盖地，但功劳簿上写的却是磊爷的名字。林像枫老师好像在校园里消失了一般，除了若干学生，还有谁记得这个老师的孤独身影呢？钱校长自然是心花怒放，但凡对学校有利的事情他都会不遗余力，这是必然如此的。磊爷不必说也喜上眉梢，因为播音主持系成立多年来第一次斩获这样的佳绩，他的位置肯定会坐得更稳，在校长面前也就更有了讨价还价的资本。学院的众多工作人员也满心兴奋，上下同乐，人人开心，这样的盛况难道还不能叫作"普天同庆"么？

大家都在开心和等待开心，只有孟莉不太开心，因为她觉得林老师的功劳被抹杀，心里愤愤不平。

吴迪回来了，很巧的是他踏进校园第一个碰到的人就是孟莉。

以前孟莉不太跟吴迪打招呼，觉得他高傲；吴迪也不跟孟莉打照面，认为她矫情。其实两人一进学校就彼此认识，一是同系，二是都在朗诵团，三来因为徐鑫的关系——徐鑫跟吴迪多少还算熟悉。

吴迪见到孟莉后，条件反射般地说声"你好"。

孟莉最初想装作不认识，但照面而过总不能不表态，于是淡淡地回应一句"你好"，正想径直离去，忽然觉得应该对林老师的高徒表示下祝贺，便条件反射般说了声"祝贺你啊"。

吴迪心头蓦地一热，这种感觉是别人对他表达祝福时未有过的，他忽然觉得孟莉很可爱——真实得很可爱。不过想起林老师前不久就因为孟莉才不清不白背了黑锅，心头的埋怨之情还是占了上风，有礼貌地回应声"谢谢"，便匆匆擦肩而过，气得孟莉心里连骂"傻瓜"，目送他离去时还纳闷："为啥这样的人还可以取得朗诵大赛三等奖呢？"

吴迪此时最想见的人无疑是林老师，他把获奖证书用大红绸缎仔细包裹，另外精心准备了一份鲁迅博物馆的明信片套餐作为送给恩师的礼物。他踌躇满志地大踏步向林老师的宿舍走去，心想这下子林老师总算可以扬

眉吐气了。

林老师的确很开心，他正在寝室读一本叫作《成功如此简单》的书，越读越心领神会，情不自禁拍案叫绝。听到叩门声，他起身开门，眼帘里映出的是吴迪无比感恩的眼神。

林像枫不习惯这样直白的感谢，于是推说自己今天感冒头疼，打发吴迪走了。然后他倚在墙壁上，轻轻地吐了口气，回到书桌前继续读书了。

两周后，学校召开了全校的表彰大会，然后是全系的表彰大会，学生处的表彰大会，分团委的表彰大会，学生会的表彰大会，所在班级的表彰大会……所有大会让吴迪烦不胜烦，可是又不能不参加。他想：为啥咱们这里形式的东西那么多呢？这样没完没了的会议开下去何时是个头？这么多的赞誉之词不厌其烦地说了一拨又一拨，却一星半点没提到林老师，那这种会有啥意义？看着磊爷扬扬得意在大会上发言的神情，吴迪突然有一种想冲上去撕破他脸皮的冲动，几度忍耐才按捺住了。

到了期末，有两件事让当事人瞠目结舌，可在外界看来却波澜不惊：吴迪的朗诵团主席一职任期到了之后被通知不再连任，但因为他在齐越朗诵节取得的好成绩，可以继续担任名誉主席一职直到毕业；磊爷因为教学出色，获得了表彰。

6月底的时候，突然发生了一件大事，令所有学校领导的弦绷得空前得紧：一个名叫李嘉琪的男生坠楼身亡。

对大学来说，学生的健康安全是头等大事，何况这个叫李嘉琪的学生的死学校还脱不了干系，牵涉到要赔很多钱的问题，对民办学校领导而言，这可是比割肉还痛的事，何况在社会上也会留下不好的口碑了。

事情经过是这样的——

因为临近期末，学生们被关在学校里几个月，眼看离自由近了，自然想放纵一把。

于是6月30号下午第二节课后，李嘉琪提前向任课老师请好了假，然后约齐了几个男女同学，一溜烟乘野的直奔市区。说起来任课老师也很冤枉：他如何能预知李嘉琪会出事呢？如果知道是这样，他无论如何也不会准假的——可惜历史不能假设，黑格尔如是说。

男女同学六人到了市区最热闹的地段，自然是先找好吃饭的地方，于是在一家中餐馆解决了口腹之欲。为了给接下来的活动垫底，大家先喝了三瓶白酒——女孩子不喜欢喝白酒，所以三瓶白酒理所当然成了男孩子的专利。

到了歌厅，李嘉琪又带头点了两瓶黑牌洋酒，这次女孩子们也不再矜持了，每个人都喝得脸泛桃花。

在酒后回预先订好的宾馆的路上，李嘉琪原本是和一个叫丁楠的男生一起走的，到了楼下，李嘉琪想吐，于是丁楠就自己先上了楼。结果到了房间后左等右等没见李嘉琪回来，丁楠硬撑着酒意楼上楼下找了几遍也没见到人，最后撑不住就先回房睡了，第二天凌晨被警察的电话吵醒后，丁楠再见到的李嘉琪，已经是一具脊椎断裂、面目全非的尸体了……

（七）

上午上课的时候，林像枫忽然接到教学办电话，通知中午12点半到大会议室参加全校教职工大会，叮咛务必准时参加，不得缺席。

会上，钱校长怀着凝重的心情，向全体教师通报了李嘉琪不幸坠楼身亡这一沉痛消息，一时间人人呼吸停滞——因为钱校长声泪俱下痛惜李嘉琪身亡后，立马声色俱厉痛斥相关班主任与任课教师，痛责班主任为何不做好管理工作，痛批任课教师为何批准李嘉琪请假外出……

大会当场宣布了对相关教师的处理结果——扣发工资，全校通报批评。会后人人回到自己的工作岗位，仿佛一切如常，但骚动之声已经四起。尤其到后来听说李嘉琪父母闹到学校要求赔付，学校不得已赔了260万元人民币，相关班主任和老师或引咎辞职，或被严厉处罚，一种不安定的气氛顷刻间弥漫了整个校园。

虽说出了人命大事，可日常生活还得继续，无论对学校对个人都是如此。无奈生活当中"福无双至祸不单行"的事太多，"李嘉琪坠楼事件"刚刚尘埃落定，另一起人命事件就接踵而至……

暑假才结束，学生们陆续返校，人人怀着不同的新鲜感，迎接新学期的到来。9月1日这天，学校一如既往地人山人海，报道的新生密密麻麻排了几条长队，远远望去，仿佛春风拂过的麦田一般。

几天后，按部就班的学习生活开始了，原以为一切都会顺风顺水，

"李嘉琪事件"已经成为历史的时候,"王磊服毒事件"一下子把学校又推到了舆论的风口浪尖,事件经过如下——

王磊是大二专科班的学生,按说只要短短三年拿到文凭就万事大吉,偏偏无风不起浪,他大一下半学期谈起了恋爱,结果消费突然间成倍增长,自家又非富裕家庭,眼看供奉活菩萨般的女友颇为吃力,乃至于要"竹篮打水一场空"的时候,他偶然听朋友说起网络赌博,据说只要手气好眼力准,日进斗金不在话下。自然,王磊就像热锅上的蚂蚁一般见到有出口的地方就往下跳了,结果直接跳进热汤中——短短三天工夫,他就欠下将近200万的赌债!怎么办?家里出不起这钱也不会给他出,女朋友听说了这事后也瞬间人间蒸发。上天无路入地无门,只有自绝于人世一条路了——他一口气喝下一瓶农药,口吐白沫被人发现的时候已经回天无力……

三个月的时间,两条人命,虽说学院方面用尽气力才使得新闻媒体没有介入报道,但网络和微信上已经把两起事件传了个铺天盖地。钱校长焦头烂额:前段时间刚赔了260万,心里滴血般的疼痛还未消尽,这回又要再度割肉!其实钱还是次要的,关键是影响太坏!

不过最后结果却是令最高领导松了口气:因为新学期及时给所有学生买了意外人身保险,所以王磊的赔款由保险公司掏了腰包。

都说生活像一条河,安静纡徐地流动着,偶尔有波澜,偶尔也会遇到风浪,但它总是宠辱不惊地流淌着——只是在林像枫看来,学院的生活绝不像河,说是风暴中的海也许还合适一些。也许在自认为世外桃源的地方生活久了,一点点的风声便会掀起滔天大浪,于是知道原来世外桃源并不是想象中那样令人惬意,或许这世上本没有世外桃源也未可知呢?反正幸福的感觉离自己总是一码子远!

天上几片白云疏疏落落,仿佛漫无计划的人生际遇,秋天的天空总是令人神清气爽,好比人生因为无计划才会随心所欲地感觉惬意。两起人命事件过后,所有人依然按部就班地生活。林像枫也忙着组织学生参加比赛,这次的比赛不再是朗诵赛,而是第六届海峡两岸主持大赛。由于学校最近祸不单行,不能提供经费,作为任课老师的林像枫只好自费带领学生参加这次大赛了。

比赛地点是福建泉州,参与学生有如下人选:带头的自然是吴迪,然后是师妹张艺洲——这是一个新近崭露头角、聪明伶俐的大一山东新生——与孟莉、徐鑫和几位师弟师妹。吴迪是带头人不参加竞争，领头的自然是师姐孟莉与师妹张艺洲了。前几届比赛川籍选手皆颗粒无收，不知道这回派出的精兵强将能否取得零的突破。

<h2 style="text-align:center">（八）</h2>

话说这次海峡两岸主持人大赛，作为播音主持系掌舵的磊爷心里是一万个不支持学生参加的，否则就算学校不肯出钱，系上也能解决经费——只要磊爷一句话。但磊爷想到是死对头林像枫牵头带队，自然千方百计阻遏，除非林像枫俯首帖耳、摇尾乞怜来求自己。不过可以想象在林像枫这面，绝不会低三下四去求磊爷；磊爷这面不用说，就算林像枫本人真肯向他低头，他也只会借机奚落一番，然后斩钉截铁地拒绝！可是得知林像枫索性自费带学生参加比赛，磊爷恨得直咬牙。

如果在平时，可以把参赛学生通通记成旷课，以惩罚他们居然敢听跟自己做对的人的话，可现在是国庆放假期间，学生行动不受学校辖制，况且参加主持比赛也跟所学专业挂钩，不好就这个理由向学生发难。磊爷忽然有种挫败感：已经过了"从心所欲不逾矩"的年龄，怎么还会制服不了一个年轻人的心？！而且磊爷现在越来越觉得这年轻人不好对付，吃软不吃硬，认死理而绝不低头，既然这样，那就非要重重地给他教训不可！磊爷下定决心。

磊爷有个教学助手，名唤宋允强，年方而立，面如冠玉，极善察言观色，见风使舵，深得磊爷信任。他看磊爷这几天心事重重，脸色多云转阴，心里一合计，就知道是因为跟林像枫怄气。他眉头一皱，计上心来，不过要先试探下磊爷的口气：

"公孙主任，这学期教学工作刚刚开始，一切都还顺利，不过个别老师的教学学生们反映不太好，您看该怎样处理？"

磊爷心中正念叨着"林像枫"三个字，于是不假思索就脱口而出："反映不好就个别谈话，要他们改进教学质量——对了，林像枫的课情况怎样？"

"呃……倒暂时没听到学生有什么反映——"宋允强暗暗得意于自己

的聪明，"不过公孙主任，林像枫这次带学生去参加主持比赛是没有经过系上同意的，这种无组织无纪律的做法是不是太那个——自行其是了？"

"嗯，要是所有任课老师都这样放任自流，那系上的工作还怎样管理？学生的安全问题又是谁负责？"

"是啊，主任，他林像枫也太目无上级了！如果不给他点颜色看，我们以后还怎样正常开展工作啊！？您必须拿出个惩罚方案，要不然怎么能服众？"

"不过……他带学生参加比赛是跟专业有关系的，找什么理由进行惩罚呢？"

"呵呵，主任，其实这个好办……您看——这样行不？"宋允强对着磊爷耳语。

磊爷不住点头："好，就按你说的去办。"

国庆大假结束，各个班级按部就班上课了，可林像枫和几位参赛学生还没回来，因为艺洲和孟莉两人发挥出色，打进了最终的决赛，要跟海峡对岸的台湾地区选手进行终极 PK。决赛时间是国庆大假的最后一天，所以回来的机票只好订在第二天，这样算来，大概要耽误两天的课程。林像枫向系里请假，没想到很顺利地批准了，就算系里要追责，两位得意门生取得了这样好的成绩，对于带队老师而言，再严厉的责罚也抵消不了成功的欢乐！所以无论如何，都是不虚此行。

这次来参加比赛的台湾地区选手有四名，清一色的年轻帅哥，看上去像从一个模子里出来的，但细品之下，又从眉眼间风度上辨别出各人不同的味道。师生八人以前从未跟台湾人打过交道，以为都是拘谨严肃的人物，一接触过后，才觉得这几位帅哥为人大方洒脱、彬彬有礼，性格却丝毫不张扬，对女孩子特有礼貌，跟从电视上得到的感觉大相径庭，于是明白原来真是"百闻不如一见"呢。

四位台湾帅哥的名字分别叫张无我、谢秉林、何郝嘉、欧阳从智，个头几乎一般高——1 米 75 上下，年龄看起来似乎也差不多。但彼此认识后，林像枫他们才大吃一惊：看起来最成熟的张无我年未弱冠，目前是大二的学生，所学专业是金融管理；而那位鼻梁上架一副黑框眼镜、颌下蓄着短须、皮肤白皙得令美少女也要自愧弗如、看上去特显青涩的欧阳从智，谁也看不出来他今年已经28岁了！

四人中数谢秉林最喜谈笑，但一口浓浓的闽南腔经常使孟莉、艺洲等不明就里，加上他经常突然爆发大笑，把女孩子们惊吓得一愣一愣的。遇到这种情况，谢秉林总是赶紧道歉，虽然从表情上看，他并不知道自己哪里得罪了女孩子。他的这种性格使得所有人都很喜欢他，尽管从外表上说，谢秉林是四位帅哥中最不起眼的一位。

大家相处得很愉快，以至于人人心中都不把对方当成是比赛的竞争对手，结果私下聊天的时候林像枫等才知道，原来四位台湾帅哥全都有丰富的娱乐主持从业经验——比如何郝嘉，如今是华视休闲频道的当家小生之一；再如张无我，童年时代就在当地的综艺频道主持少儿类节目，现在也是娱乐场所的签约主持人；还有谢秉林和欧阳从智眼下都是台湾地区当红主持人……

吴迪现在心里特后悔，早知道对手实力这样强大，自己当初就该参加比赛，即使成绩不佳此生也无憾了，可惜现在只有当旁观者的份儿！林像枫看出吴迪的烦恼，主动找他喝酒谈心，师徒边喝边聊，话题渐渐从主持比赛转到学校上。

"林老师，这次比赛师妹们很争气，可是耽误上课了，不会对你有啥影响吧？"

"我想没事，本来就是给学校工作嘛，再说学生取得了好成绩，学校和系里难道会不高兴？哈哈，这次的比赛结果比咱们想象的好，如果不是这样，没准耽误了课程系里真会给我们处分呢！"

"对呀林老师，你没功劳也有苦劳，我想学校这次应该给你发个大红包呢！"

"这个咱不奢望，只要承认学生的好成绩就行！"

第二天，决赛在阴雨绵绵的天色下拉开了帷幕。

决赛前咱们先来回顾一下两场淘汰赛的情景：才艺表演两极分化，一眼就能辨别出大陆选手和台湾地区选手——大陆选手的才艺几乎清一色是朗诵，台湾地区选手则非歌即舞。在观众看来，当然是后者的观赏性强很多，几大时髦帅哥在姹紫嫣红的玫瑰园中潇洒歌舞占尽春光，将可恼的连绵阴雨日变作了舞台上喜人的灿烂艳阳天，台下的掌声热烈而又持久。

好在这是场规格甚高的主持比赛，才艺只占部分优势，何况一时的出彩并不能定最后的胜负归属。台湾帅哥们尽管气势上占尽先机，却在普通话的标准程度上失了不少分——毕竟评委都是大陆人，对港台腔的普通话总难免有一种先入为主的排斥感。这样两轮比赛下来，四位宝岛帅哥全都杀进决赛，大陆选手被淘汰十二人，幸好孟莉和艺洲发挥稳定，并未铩羽，保住了川籍选手最后的颜面。加上泉州当地选手一人与上海艺术学院选手一人，决赛形成了八人对决之局。

决赛定在两天后，选手们有充分时间来琢磨对手，寻思如何扬长避短。谢秉林一如既往大大咧咧，似乎并不把决赛放在眼里，每天依然蹦蹦跳跳来找孟莉们玩，交流分享比赛心得，甚至不怕告诉孟莉们自己将会在决赛中祭出怎样的杀手锏，仿佛对决赛胸有成竹一般。艺洲很惊讶，她没想到谢秉林豁达到如此地步，居然大大方方将自己的底牌尽数透露。孟莉担心谢秉林告诉她们这些比赛机密，回去后会不会被另外三位帅哥痛扁，没想到谢秉林满不在乎地摇着手说：

"你们两位小姐不用担心的啦！他们都愿意跟你们交流，比赛不是问题，有缘分做朋友才是比赛的意义嘛！只要尽力了，谁拿冠军我认为都是一样的啦！"

孟莉对比在学校两年的经历，见惯了不少尔虞我诈、钩心斗角，一时间被这小伙子的厚道朴实率真感动得不能自已了。她去找徐鑫聊这事。徐鑫这次比赛第一轮就被淘汰，见孟莉们一个个风风光光杀入复赛决赛，自己起初的踌躇满志瞬间转化为陪太子读书的尴尬，心上正不自在呢，偏偏遇到孟莉哪壶不开提哪壶，于是没好气地说：

"这种三脚猫的招数你也信？你别那么单纯好不好！人家说啥就信啥，你当世界上的人都像你头脑那么简单啊？"

孟莉气得七窍生烟，每次遇到徐鑫的冷嘲热讽她都气不打一处来。她既觉得徐鑫阴阳怪气有失男子气概，又每每觉得他不思进取，反而给自己找各种客观理由，就更不是男子汉大丈夫应为之举。但只要一跟他稍稍较真，徐鑫就会觉得面子上挂不住，经常为一点小事就争得脸红脖子粗负气出走，然后俩人几天不说话，后来慢慢地找个契机才能言归于好。孟莉觉得这样相处真是太累了，所以现在能让的地方她就让，尽量不跟徐鑫直接抬杠。

　　于是孟莉索性不说话，让徐鑫自个儿生闷气，瞅个机会回去准备比赛。徐鑫却一副不依不饶的样子，嘴里喃喃自语："什么破比赛，一点规格都没有，早知道就不来了……"

　　孟莉把快到嘴边的话硬生生地咽了下去，扭头回到自己房间生闷气。艺洲见她脸色异样，关心地问："怎么了，孟莉姐？你不舒服吗？"

　　"哦，没啥，觉得有点累。"

　　"那你休息下，注意身体啊，明天就要决赛咧！"

　　"嗯，我没事，一会就好。"

　　"好的，欸，孟莉姐——"艺洲欲言又止。

　　"怎么了？"

　　"我就想问下……姐，你觉得谢秉林这个小伙可爱不？"

　　"不错呀，又大方又开朗，你是不是喜欢他了？哈哈……"

　　"哪儿有……"艺洲红了脸。

　　"我看出来了呢，说实话噢。"

　　"其实——"艺洲犹豫了一下说，"谢秉林很可爱，讨人喜欢，不过不是我有感觉的那种，要说好奇，我对何郝嘉才真正觉得好奇呢……"

　　"何郝嘉？你对他好奇？"孟莉很惊讶，虽说四位台湾帅哥个个有模有样，但相对内敛沉稳的就要数何郝嘉了，所以孟莉对他印象很淡漠，而且在前两轮比赛中何郝嘉的发挥也并不抢眼，比如在才艺展示环节他唱了一首台湾地区20世纪六七十年代的老歌，老得孟莉与艺洲都闻所未闻，所以尽管歌喉不错，也没给大家留下太深印象。

　　"我觉得他有一种特别成熟的味道，所以好奇。"艺洲以一种山东女孩的爽直说。

　　"原来你喜欢成熟的类型，哈哈……"

　　"女孩子都喜欢成熟点的男生好不好？孟莉姐你不也是吗？我看徐鑫哥就是成熟型的男生呢！"

　　孟莉胸口一下子特别发闷，想不置可否，艺洲却兴致勃勃地说下去："孟莉姐好幸福，什么都好，让人好羡慕——孟莉姐，给我说下你跟徐鑫哥是怎么在一起的呗！"

想说没心情，想不说，看到艺洲一双单纯的大眼睛闪耀着期待的光彩，又不忍心拒绝她的好心，想了一下，孟莉忍住不快说道："好久以前的事，都记不太清了。"

"孟莉姐骗我——"艺洲娇嗔地说，"你才大二呢，就记不得大一的事情了吗？我可不信！"

"嗯……"孟莉语塞，"其实要说起来，是我当时主动发起追求的。"

"哇，好浪漫！快给我说说经过呗！"

"其实也没啥浪漫的，就是我觉得徐鑫长得帅，喜欢他的女生多，就主动约他吃饭，后来……就在一起了。"

"这么简单？"艺洲有些失望，"那——难道就没有啥浪漫的故事发生？比方说……旅旅游，约约会，泡泡吧什么的？"

"没有，真的就简简单单，真的，一点也不浪漫。"

"好吧，孟莉姐，我知道你不愿多说，这样吧，你就直说，何郝嘉这人怎么样？"

孟莉正待要畅所欲言，忽然林老师来电话了，嘱咐她俩早点休息，明天好好迎接决赛，于是她俩只好钻进被窝直接进入梦乡了，虽然艺洲这时心里正为何郝嘉的事七上八下呢。

第二天刚一睁眼，孟莉和艺洲正准备去梳洗打扮，艺洲忽然觉得肚子痛，整个人都觉得不好，心里烦恼例假来得真不是时候，这样的状态比赛如何才能打起精神？边烦恼边挣扎起来梳洗，这时门外有人按铃。

孟莉开门见是谢秉林，苦笑了一下说："你这么早就来了？不去好好准备比赛老跟我们女孩子混在一起干吗？"

谢秉林有些尴尬，留下没理由，走又不好，只好勉强笑笑说："我来看下你们比赛准备得怎样了？呃……怎么艺洲还没起来？"

"她今天人有些不舒服……"

"怎么了？生病了是不是啊？什么病，要不要吃药哇？"

"没啥大事，她需要安静，别打搅她就好。"

"不行啦！等下就要比赛啦，什么病啊？我去买药。"

"她没生病，就是不舒服——女孩子的不舒服，你让她安静下吧！"

"哦，这个样子，知道啦……那好，我等下再来看她，再见！"

谢秉林匆匆跑了。孟莉松一口气，心说这个台湾小伙平日固然纯真可爱，但关键时刻这么不懂察言观色，也未免太腻烦人了！回头一看艺洲，大吃一惊：艺洲脸色苍白，浑身瘫软，简直像是要直不起腰的样子。她不知道艺洲的生理期状态如此痛苦，同为女生，一时也慌了手脚，连忙扶艺洲先上床躺下，一看表，已经8点20了！比赛9点就要开始，罢了罢了！今天看样子艺洲只好弃权，自己出于师姐妹之情谊，也不好撇下她独自去参赛，那也只好一起弃权了！心里正刀绞般的难受，徐鑫打电话来了。

　　"你们俩起床没？马上就要比赛了哦！"

　　孟莉心里没好气，于是冷冰冰地说："不需要你提醒，这种没规格的破比赛有啥不得了的？大惊小怪！"

　　电话那头徐鑫赔笑说："孟莉，别生气嘛，昨天是我不对，太情绪化了！吴迪昨晚批评了我一晚上，我无路可逃，只好来向你寻求庇护啦！再说作为你最亲爱的，难道我不想你取得好成绩嘛？嘿嘿嘿……"

　　"你少油嘴滑舌的！你不是巴不得我们都名落孙山才高兴吗？"

　　"没没没！对天发誓绝对没有！亲爱的不要生气了好不？"

　　孟莉又心软又好笑："好吧！你已经无数次发誓了！"

　　"是啊，我已经无数次发誓了！可你每次都不肯原谅我是不是？所以我才要发无数次的誓嘛！哈哈！"

　　"好了好了，不跟你贫嘴了，你就会耍贫嘴。"

　　"这么说你是再一次原谅我了对不对？嘿嘿……马上要比赛了，准备得怎么样了呀？"

　　"呃……艺洲人不舒服，起不了床……看样子她只好弃权了。"

　　"怎么回事啊？那你得去呀！"

　　"这个……"孟莉忽然听到门铃响，以为徐鑫直接打着电话找上门来了，于是挂了电话。开门一看却是谢秉林！左手提着一大包吃的东西，右手刚刚在摁门铃，一个陶瓷杯夹在左肩窝与脸颊之间。

　　"艺洲好点没？这是红糖水，趁热让她马上喝——这个是早饭，你们俩的。"

　　孟莉感动得一时语塞，都忘了说感谢，机械地接过陶瓷杯，去床头扶起艺洲喂她喝下红糖水。谢秉林说还买了那种专治疼痛的药丸，跟早餐装在一起的，孟莉也取出来让艺洲吃下。或许是药物和心理的双重功效，艺洲觉得马上精神多了，一看时间还不到9点，草草打扮了一下，跟谢秉林和孟莉准备出门去参赛。

这时徐鑫匆匆忙忙地来了，见谢秉林跟她俩在一起，吃了一惊，也不好多问，陪着他们一起出门了。

趁比赛抽签的当口，徐鑫偷偷问孟莉："那个台湾小子干吗老来找你们？是不是对小师妹有那么点意思呀？"

"你那么八卦干吗？人家是来跟我们分享比赛心得和经验的，上次不就给你说起过嘛，结果那次我被你气得……哼！"

"好好好，我道歉，道歉！哈哈！不过说真的，我看他那股热心劲儿不像是单纯跟你们交流比赛的，你真的不觉得他对小师妹有点意思？"

孟莉何尝不知，不过觉得这事太不着边际——比赛相识自然是缘分，比赛结束马上就要远隔两岸、天南海北，信息虽可自由畅通，厮守却是天方夜谭。况且还有一点：落花有意流水无情呢！所以她一心只想着比赛，不在这方面分散注意力。

徐鑫反正眼下闲人一个，20多岁的小伙又对男女情事格外入迷，于是超级关心情感八卦，好给这趟无聊的参赛之旅注入一针兴奋剂。况且山东女孩配台湾小伙，听起来就格外新奇刺激，男人嘛，越是不可能的事才越觉得兴奋并特别关切。

看到孟莉事不关己的样子，徐鑫只好变个花样套话：

"今天艺洲不是不舒服要弃权吗？现在怎么精神抖擞的呀？"

"人家谢秉林心可细，红糖水、痛经药、早餐……样样想得周全，拜托你啥时候也能这么细心呀？"

"哦——"徐鑫恍然大悟。

这届海峡两岸主持人大赛的级别和前几届比，倏然提升了好几个档次，此无他故，全因为决赛的评委多了一个新面孔——新近在国家级电视台风光无限的柴靓。数月前，她积十余年主持经验写成的书刚刚出版，便销售火爆，在各大图书排行榜上名列前茅。这次她为了深度报道环境保护问题特地来到南国考察，顺便当下主持大赛的评委。她的到来使得这次的比赛无论颜值、名气、规格乃至影响力方面都增色不少，也令所有大陆选手内心激动不已，人人摩拳擦掌、拼劲十足，决心在偶像面前为祖国大陆增光。别人不说，单是徐鑫，一听说柴靓来了，激动得把张艺洲和谢秉林都抛到脑后去了，可是他却无缘展示自己的半点才气，只有坐在观众席上一睹柴靓风采的份儿。

不愧是高水平、高规格、高级别的决赛，选手们纷纷使出十分解数，场面火星乱飞，然而精彩纷呈，高潮迭起。

决赛最关键的环节还是命题即兴主持，每位选手从新闻评论类和综艺娱乐类两组题目中各抽一题进行两场PK。众所周知：台湾地区选手擅长娱乐，大陆选手热衷评论；台湾地区选手偏于感性，兴之所至可以滔滔不绝，无厘头色彩明显，大陆选手更加理性，逻辑严谨因之侃侃而谈，情浓处声韵铿锵；台湾地区选手善于造势，跟观众的互动感强，大陆选手重视底蕴，随时不忘引经据典——总之是各擅胜场，不过在人气上台湾地区选手却天然占上风，这是主持娱乐类型节目的人与生俱来的优势。

作为带队人，林像枫和吴迪心里都暗暗着急，可又爱莫能助，只能祈祷苍天希望孟莉和艺洲不要抽到那种创意太无底线的娱乐类型节目。

（九）

话分两头。这边选手们正呕心沥血全力比赛，那头学校里又烽烟四起：国庆大假结束，钱校长听闻不少学生还未返校，想起这一年来两名学生命丧黄泉，学校名誉扫地，还要出大钱赔偿损失，一时怒从心上起，勒令各部门严查考勤，任何人只要违规——无论学生老师——统统给予重罚，若有特殊情况请假，必须报经校方同意，各系各部门不得随意私自准假。此令一出，系主任、工作人员、班主任、辅导员都慌了手脚，开始突击检查，严抓共管，果然是令出必行：请假的无不速速归来，生病的立马"令"到病除，得假日综合征的很快精神抖擞，滞留异地的连夜冯虚御风……

上班第二天，所有部门人马均告齐备。只有几个人是例外：钱校长的内弟，分管后勤基建的校长助理柏建时因在外地洽谈学校扩建事宜，属于分内工作，特予准假；播音主持系的专业教师林像枫因为带学生参加主持比赛，节后两日内返校，因主持人比赛属于专业范畴，故也予准假；另外数人或因工作请假，或无视校规校纪迟迟不归，分别予以准假、处分不一……按说这样决断十分公正合理，就算略微有些严酷而不近人情，也可理解钱校长作为最高领导渴望保一方平安的一片苦心。可是天有不测风云，从天时、地利、人和三方面讲，林像枫都注定了要成为此番漩涡的中心，往下便知。

海峡两岸主持人大赛决赛进入最后的白热化肉搏战阶段，按程序先抽现场评论题目。抽题的结果，孟莉抽到的题目是"谈对'囧'系列电影的认识"，张艺洲的则是"如何看待环境保护和污染治理"——正是柴靓最关心的话题。艺洲暗中猜想没准这道题就是柴靓亲手拟定的呢，若果真如此，或许也算得是个上上大签了。

而与大陆选手的不苟言笑相比，台湾地区选手的表情就各异其趣了：谢秉林对孟莉和艺洲一直挤眉弄眼仿佛在用腹语交流，欧阳从智口中一直念念有词自言自语，张无我仰首看天做沉思之状，何郝嘉抄手胸前凝神顾盼前方，间或忽然做个鬼脸，然后咧嘴一笑，好似在演哑剧一般自娱自乐。孟莉在不经意间注意到这一切，不禁莞尔，忽然想起何郝嘉是师妹关注的类型，不由得多看了他几眼。

准备时间到，下面进入最为紧张的焦点之战了。按抽签顺序选手们轮流对手中题目各抒己见。令所有选手和观众惊讶的是，这轮表现最精彩最耀眼的选手是刚读大学一年级的山东小师妹张艺洲——大概因为受到评委席上柴靓那双如梦似幻含情带笑大眼睛的满血鼓励，艺洲发挥格外出色，口若悬河，舌灿莲花，激情四射，滔滔不绝，从春秋战国说到改革开放，从《清明上河图》说到八大山人，从天人合一说到生态平衡，从千古江山说到子孙百代……知识渊博，条理明晰，逻辑严谨，言语精炼，评委诸公们频频点头，柴靓更是会心微笑，欣赏之情溢于言表。

这轮比赛过后，艺洲的得分占据明显优势，孟莉也发挥不错，两人暂时排名得分榜上的状元和榜眼。四位台湾地区选手位居中游，彼此分数差距极小，但跟艺洲比则明显落后。泉州选手和上海选手表现只是平平，所以名次靠后。这时吴迪和徐鑫都松了一口气，觉得这次比赛夺冠的可能性极大，果真如此的话，川籍选手可算是有史以来第一次在全国性的主持大赛中蟾宫折桂，而且这次的艰辛旅程也不枉称是"梅花香自苦寒来"了！

吴迪正想跟林像枫分享一下这种喜悦心情，却见林像枫一脸严肃，不由得跟徐鑫对视一眼，吐吐舌头，把已到嘴边的庆贺之词硬生生地咽了下去。

最后一轮的娱乐类主持比赛将决定本次比赛最终的座次，也因为台湾地区选手仍有后来居上的可能，所以加倍引人关注。大家都把心提到嗓子眼，为自家选手默默加油，可这无声的加油论威力和气势却胜似最强大的明星粉丝团。按比赛章程还是要先抽题后竞技。这时的空气分外凝固，就连最嬉笑自若、淡泊名利的谢秉林的表情也透露出一丝紧张，大概是受了现场气氛影响的缘故吧。

准备时间结束，即将开始终极比赛的时候，窗外忽然刮起大风，黑云卷墨，天色乍暗，雨丝变成了摇头摆尾的长蛇，老榕树惊恐地弯下了腰，被狂风吹折的树枝重重地击打在窗玻璃上，室内灯光忽明忽暗，连地板也不安地震动起来。选手们面面相觑，一时不明白发生了什么事情，正在白热化的比赛戛然而止，仿佛飓风电光劈断了榕树树干一般。

有人呆若木鸡，有人交头接耳，有人张皇四顾，有人惊疑不定，只有评委们镇定自若仿佛磐石无转移。几分钟后，头型酷似洋葱头的主持人匆匆上台，对大家解释说外面起了台风，不过级数不大，不会造成大面积伤害，也不会影响今天的比赛，请大家不必惊慌害怕，比赛继续进行，并开玩笑说像这种规模的台风对福建人真是家常便饭，对初次光临泉州的各位贵宾来说也许感觉像六级地震，他本人代表福建人民绝对保证大家的人身安全——一席话说得所有人都笑了，心情和气氛再度轻松起来，仿佛云破月来、雨过天青，尽管此时窗外依然是狂风大作，天空依然是电闪雷鸣。

这洋葱头形象的主持人之前一直似有若无，片言只语报个幕就下台，蜻蜓点水般掠过眼前，别无出彩之处，基本被人忽视存在，没想到关键时候却显出敏捷应变力、救场基本功，令所有人印象深刻。于是现场观众深以他没有参赛为憾，否则"中国好主持"的名额中一定有他呢。

窗外风雨大作，雷声砰訇，不过人们此时已经静下心来完全入定，关注的焦点依然在舞台上选手的终极表现。

吊足所有人胃口的终极之战终于打响了，激烈程度前所未有，选手情绪分外高涨，窗外的台风也用尽全身力量将自然界的一切天籁都化作呐喊

朗诵者·
LANG SONG ZHE

助威喝彩加油之声，奔腾澎湃，石破天惊，合奏出一曲盛大的交响乐。

不出所有人意料，这轮比赛完全成了台湾帅哥们尽情展示才气的绝佳平台。何郝嘉表现尤其抢眼，不愧是华视频道的娱乐当家小生，随机应变能力极强，鬼点子层出不穷，他不仅临场设计了几个创意十足也动感十足的游戏，扯足了观众的眼球，还把一直正襟危坐、端庄娴雅的柴靓请下评委席大大整蛊了一把，观众爆笑，掌声雷动，柴靓自己也笑得合不拢嘴、直不起腰。如果说初赛何郝嘉表现平平是为了隐藏实力的话，那么他今天决赛当中的表现就真可谓是后发制人了！孟莉在惊艳之余偷眼一瞥艺洲，只见她：青丝柳絮蛾眉秀，粉面桃花春色浓——不知这嫣红娇嫩的双颊是因为对手太强而绷紧了神经，还是别的什么原因？

欧阳从智也发挥上佳：这位欧阳公子外表虽然青涩，但毕竟人生阅历丰富，大学里就是高才生，读书既多，见识又广博，不少名言锦句都能够信口拈来、如数家珍，逻辑虽并不严密，思维却很跳跃，语含双关的"擦边球"也打得格外得心应手。因为他在何郝嘉之后出场，所以特意摒弃了游戏形式以免遭拾人牙慧之讥，而选择了单人脱口秀的节目形式，尽情爆料艺术圈各种乐事、囧事、奇事、怪事……谈天说地，嬉笑怒骂，五色相宣，八音协畅，内容充满知性与理性，也洒脱地无限展现真我个性。跟何郝嘉相比，他们一动一静、一张一弛、一潇洒一睿智、一活泼一幽默——真可谓是春兰秋菊，各擅胜场；环肥燕瘦，尽得风流。

张无我和谢秉林如何呢？张无我像极了小一号的何郝嘉，做节目的风格也异曲同工；至于谢秉林，决赛之前就告诉过孟莉和艺洲，自己将采用跟观众互动的方式做访谈类的脱口秀节目，孟莉说这样的形式不会太平淡么，谢秉林胸有成竹地说因为感觉平淡，所以大家都不会选择这样的方式，比赛嘛，就是要出奇兵才能制胜呢！果然谢秉林小伙言而有信，最初看到何郝嘉和欧阳从智如此出彩，孟莉和艺洲还从谢秉林的眼神中不经意看出了一丝犹豫，但几人目光交接后，谢秉林却下了决心要孟莉——尤其是艺洲——明白自己言必行行必果，于是他不改初衷上阵与竞争对手短兵相接。没想到凭借一时之勇，居然别开洞天，将现场观众逗了个乐不可支，也应该打动了评委们的心吧？于是孟莉们在感动之余暗暗祈祷谢秉林不要马失前蹄。

而四位大陆选手这轮的表现就乏善可陈了。性格最为大大咧咧、活蹦乱跳的孟莉平时酷爱看各种娱乐选秀节目，按说既然情有独钟，理应灵光乍现才对，可实际表现却仅仅只能算是自得其乐而已，机锋、噱头、包袱、笑点等必备手段或"独门暗器"通通玩不顺手，实在难以吸引评委和观众的眼球。或许袖手旁观和亲力亲为原本就有泾渭之分、天渊之别，正如古诗所说："看似寻常最奇崛，成如容易却艰辛。"

　　孟莉尚且如此，另三位大陆选手表现就更为平淡无奇——艺洲稳重有余活泼不足，原本应该轻松自在、无拘无束的娱乐语气却无时不带有新闻评论的字正腔圆、抑扬顿挫，近似《史记》中所说的"楚人沐猴而冠"，让人啼笑皆非了，虽说抽到的题目并不像之前林像枫所担心的那样比较变态或出格，不过但凡设计和主持娱乐节目总需要爆点，需要猛料，需要滑稽幽默，需要活色生香、独出心裁，而这些显然非出身孔孟之乡的艺洲所长，好在节目结构四平八稳、前后完整，也总算兜住了阵脚，不至于一团乱麻、一盘散沙、一败涂地。这样两轮后总分仍然领先，名次也仍然靠前。

　　泉州选手和上海选手此次比赛皆具有黑马性质，好比武将沙场酣斗时刻关云长使出拖刀计或者罗成杀出回马枪，偶尔会有精彩一瞬亮瞎观众眼睛，不过仅仅是昙花一现罢了——例如泉州选手之前才艺展示中的模仿秀。而在最为关键的评论与娱乐两轮决赛中，二位选手的发挥皆是平平，并未给评委和现场观众们留下深刻印象，看来好名次注定与他俩无缘了，以至于来自福建和上海的两支啦啦队的无限惋惜与失落之情都溢于言表。

　　决赛阶段的三轮竞赛终于偃旗息鼓了。最终的比分和名次如何呢？扣人心弦的时刻即将到来，人人屏住呼吸，心跳声变成了评委记录分数的沙沙声，和工作人员统计最终得分敲击键盘的嗒嗒声。这时窗外的风雨雷电格外厉害，似乎在为各位选手的表现擂鼓助威、摇旗呐喊，灯光数次因台风而熄灭，人们也平心静气安然等待来电，不再惊慌失措、心烦气躁。一番精细计算后，名次产生了。

　　按惯常思维理解：决赛八位选手应该分获一、二、三等奖，正常情况下一般设计一等奖一名、二等奖二名、三等奖五名，或者二等奖三名、三等奖四名，如此才合理公正。工作人员在计算得分，林像枫等也在暗暗统计总分，觉得艺洲的分数凭印象应该是名列前茅，跟何郝嘉的差距似乎在毫厘之间，这样想来，冠军就该在这两人之间产生，而欧阳从智、孟莉等都会是二等奖的有力争夺者。至于上海选手和福建选手，看来只好委屈他们叨陪末座了。

一支极有泉州地方特色的舞蹈结束后，主持人容光焕发地再次亮相舞台。全场此时格外安静，等待主持人宣读获奖名单。首先公布三等奖的名单：孟莉、谢秉林、张无我——所有人都觉得吃惊，吃惊于三等奖只有三名，而且福建选手和上海选手居然不在三等奖之列。不过谁能想到，更耸人听闻、出乎意表的事情还在后面呢？！

二等奖的名单公布了：张艺洲、欧阳从智——观众的反应是瞠目结舌，二等奖为何只有两名？福建选手和上海选手难道会成为一等奖么？怎么看这二人都不具备一等奖的水平和资格呀？！再说如果设置三个一等奖，还成个什么体统？还配称作是国家级的主持人大赛么？！吴迪问林像枫会是什么情况，林像枫也云里雾里，只好含糊其辞地说大概一等奖应该是综合表现最抢眼的何郝嘉的，福建选手和上海选手多半会是鼓励奖吧——吴迪觉得这样解释还算合理，可林像枫自己却不信自己的解释：如果这二人是鼓励奖或者优秀奖的话，应该在三等奖之前公布，为啥要放到后面，不合情理呀？看来情况不妙！

一等奖马上要公布了。这时观众看出了主持人在公布手中名单前眼中闪过的一丝犹豫，但他随即定了定神，很镇静地报出了一等奖的得主姓名：何郝嘉，甄曲侨，黄璞弴——后两位分别是福建选手和上海选手的名字。

观众席险些炸锅，就连评委都面露纳闷之色。吴迪站起身想大声质问抗议，突然觉得身后谁扯住了自己的衣襟，回头看是林老师对他摇摇头摆摆手，吴迪于是只好按捺着气愤坐下。与此形成鲜明对比的是：福建和上海的啦啦队本来已经垂头丧气、无精打采，这时却像打了鸡血一样蓦然亢奋起来，击掌相庆，欢乐四溢。

主持人等观众情绪稍定，迅速把球抛给舞台上诸评委们，请他们对各位选手表现进行点评。这时林像枫悄悄起身去找主持人，想询问比赛内幕是不是服从了潜规则的安排，想来以带队老师的身份打听，对方不会不以实情相告的。果然他很顺利地找到了主持人，然后开门见山地说：

"你们主办方内定一个你们当地的主持人得一等奖，我们作为参赛单位可以理解，不过另外一位选手也能得一等奖，我们就不明白是怎么回事了。"

主持人面露难色，附耳低语道："这次的比赛邀请的评委档次高，所以开支很大，主办方经费有限。你说的有关方面这次在费用方面提供了很大帮助，要不然这次的比赛不会这样顺利的。请你们多多理解包涵啦！"

林像枫道了谢，默然回到观众席。这时候评委正逐一对台上选手评头论足呢，一个新近正在娱乐圈崛起的大名叫作银河的女评委深情款款地说："完美！今天你们大家都很完美！主持是什么？主持就是秀性感！谁的语言越性感，谁的主持就越震撼！性感是有艺术的，跟露多少肉一点关系都没有，性感需要神秘，摆在桌面上的肉那是猪肉，不是性感！还有，主持节目煽情是有必要的，但你全靠煽情的话，我觉得挺傻帽的，所以不要只靠煽情来点燃观众的热情，要像我银河一样有银河系的大气，请大家记住我的话！"

台下掌声雷动，银河评委却不为所动，泰然自若安坐评委席。这时柴靓发言了：

"今天选手们的表现令我很感动，大家都非常出色，尤其是四号选手张艺洲，我对你印象特别深刻，虽然今天的比赛你只得了二等奖，但我觉得那是因为一等奖名额有限的缘故……"舞台下轰然响起了掌声和笑声，主办方负责人尴尬地咳嗽了下，"我知道，娱乐不是你的长项，但你扬长避短的应变力首先就值得肯定；其次，在评论环境污染成因的时候，你极善于抓住主要矛盾，抽丝剥茧，逐层深入，看问题也挺全面，不但能结合历史和国情去阐述污染的成因，还有勇气提出自己的见解，也就是怎么去解决污染造成的后果，这些都给了我很多启迪，我这次要制作的纪录片希望可以采用你的一些观点。要知道'青山绿水，就是金山银山'，环境保护和污染治理是关系到国计民生的大事，所以值得我们每一个新闻工作者用心去做！"

掌声热烈，经久不息，吴迪这时不快的表情逐渐褪去，好比窗外的台风减弱了威力。待掌声稍歇，柴靓也对别的选手简单做了短评，客套话明显较多一些，大家也都理解她对环境污染话题的情有独钟。以下几位评委依次发言，冗长而流于形式，选手们几个小时的比赛已经耗费了大量体力，还要洗耳恭听这些琐屑点评，一个个面露疲倦之色，只能强打精神。

终于进入最后的颁奖环节。镁光灯此起彼伏，八位选手接过获奖证书时表情各异，但都保持礼貌的微笑。评委上台和选手合影留念，柴靓紧紧搂着艺洲笑成一朵花。然后是选手们互相留影，互留联系方式，建立朋友圈，邀约今晚夜宵，分享比赛心得——注定了这是一个不醉不归的夜晚，明天午后林像枫们就要踏上归途啦！

林像枫心里乐不可支，虽说艺洲跟一等奖失之交臂，但这个二等奖的含金量却有目共睹，况且柴靓的发言已经把艺洲抬到很高地位，大概这就是所谓惺惺相惜吧。这次回学校没有功劳也一定有苦劳，起码多少可以挣得一些资本，今后不至于再像以前那样畏首畏尾、小心翼翼了吧，他想。

晚上大伙儿聚餐，所有人都喝了不少酒——虽然因为"李嘉琪坠楼事件"，学校已严令禁止学生开学期间喝酒，但一来天高皇帝远，二来师徒同饮其乐融融，不至于会有出格的事发生，所以大家都肆无忌惮将学校禁令置之脑后。

谢秉林明显喝多了，手舞足蹈，欢呼雀跃，却也妙趣横生，跟女孩子们嘻嘻哈哈闹成一片。其他几个宝岛帅哥就稳重得多。或许因为酒精作用和连日来比赛的双重刺激，所有人彼此都有相见恨晚之感——欧阳从智跟林像枫聊得甚为投机，何郝嘉则跟吴迪促膝言欢，就连低调内敛如张无我都跟孟莉和徐鑫等笑谈人生。福建和上海的选手及带队老师们格外低调，早早就离席告退了，于是剩下的人称兄道弟喝得更加开心，连从来滴酒不沾的艺洲都面带桃花。大家如此兴奋，以至于林像枫看时间太晚，提出今日已尽兴大家各自回去休息时，被吴迪、徐鑫等连哄带笑又劝下几杯酒，结果欢饮到半夜，酒店已经数次婉言打烊这场欢宴才偃旗息鼓。

虽说意犹未尽，毕竟已近半夜。徐鑫酒兴犹浓，提出去吃夜宵，被林像枫一句话止住了："今晚很开心，但确实太晚了，大家都休息吧，明天还要赶飞机呢。"大家只好依依不舍惜别，孟莉们约定寒假台湾三日游，第一站谢秉林负责做东。

第二天一早，林像枫还在酣梦中，突然电话铃催债般响个不停，迷迷糊糊接听了，神智猛然惊醒：因为台风肆虐，所有航班一律延迟，机票改签，原定今天中午起飞的班机延迟到明天半夜，如果觉得不满意，可以全额退票，但航空公司不予赔偿。不过林像枫这时烦恼的可不是赔偿与否的问题，而是回学校太晚会不会违规的问题。于是他赶紧第一时间打电话给播音主持系办公室，幸好系里通情达理地表示万分理解。林像枫松了一口气。

滞留在此地两天，如何消遣时光呢？之前一直忙于比赛，没有机会玩遍泉州城，现在可有充分的时间了。四位台湾帅哥听说林像枫等被台风阻遏了归程，主动提出留下来陪他们。谢秉林自告奋勇当导游带大家游遍泉州著名寺庙，孟莉和徐鑫想去鼓浪屿玩，吴迪打算去看望福州的姨娘姨父，林像枫哪儿也不想去，只想待在宾馆看书。于是所有人马兵分四路各自行动，当然林像枫不忘了对安全注意事项千叮咛万嘱咐。而泉州和上海两班人马呢？今天一早他们就已经各归各阵了，毕竟归宿近在咫尺又轻车熟路嘛！

因为兵分四路的结果，张艺洲成了男孩子们关注的中心。谢秉林不必说，自然是围在艺洲身边大献殷勤。别的帅哥呢？也明里暗里顶针较劲。艺洲心里是最关注何郝嘉的，但又不便挑明，只好等他来跟自己拉近乎。偏偏何郝嘉舞台上谈笑风生，生活中却有点脑胭似榆木疙瘩，看到别人争先恐后向艺洲献殷勤，自己却始终保持本分的距离。艺洲出于好奇，本来想跟何郝嘉多聊聊对于主持的见解，顺便也就娱乐节目的主持取下经，但看何郝嘉矜持庄重成这样，也只好罢了，结果一路上还是老朋友谢秉林跟她饶舌最多。

泉州的空气其实很明净，虽然台风冷不丁会来造访，搅起漫天的风沙，但一进入山区，风雨雷电雾霾尘埃通通都无影无踪，只令人觉得神清气爽、万虑尽消。峻岭层叠挺拔，险峰苍翠巍峨，探索它们既符合年轻人冒险的天性，也格外充满浪漫的情调。大家在上山前做足了准备工作，带齐了必要的登山设备以及干粮和饮料，甚至四位台湾帅哥还特地合租了两顶帐篷，预备今晚如有必要，就在山顶过夜。这样浪漫刺激的登山之旅，林像枫、吴迪等却无福消受了。

孟莉和徐鑫坐海船来到了鼓浪屿。那里风光旖旎迷人，海水蔚蓝清澈，滩头沙鸥翔集，水下鱼龙潜跃。俩人心旷神怡，情意缱绻，虽然恋爱已有一学期，但像这样单独出来旅游还是第一次。孟莉突然觉得这一刻特别甜蜜，情不自禁就在海边跟徐鑫热吻起来，徐鑫的手不安分地在孟莉衣服底下摩挲着……孟莉心慌意乱地用力挣脱了徐鑫的怀抱，在广袤的沙滩上奔跑到很远，徐鑫在身后欣喜地紧紧追随。这天的太阳格外温情，金色的阳光暖洋洋地舐在古铜色的肌肤上，晚云与烟霞织成的彩色锦绣在天鹅绒似的苍空中自由地舒展开来，恰似孟莉与徐鑫这时心中荡漾的无限春意……

（十）

比赛偃旗息鼓，孟莉、艺洲们结束了各自的浪漫之旅，大家踏上归程了。人人兴高采烈，喜上眉梢，只有艺洲好像心事重重的样子。孟莉看出若干端倪，只是碍于人多眼杂不好发问；艺洲也觉得孟莉高兴得有些不合常规，同样碍于人多眼杂不好发问。于是两人反常地注重礼节到颇不自然的程度，不过一时还没人察觉，或许谢秉林在场，早就打破这样的尴尬了。

凌晨4点过队伍回到了学校。飞机上大家都兴奋得毫无倦意，一回到寝室眼皮就沉重得仿佛泰山压顶，所有人都陷入梦乡不能自拔——只有林像枫是例外。

林像枫原以为紧绷的神经回到学校后会无比松弛，毕竟这次任务完成得格外圆满，成绩骄人不说，有关方面最关心的人身安全问题也十全十美，还有什么可以悬心的呢？不过他总有一种奇怪的预感让自己心慌不安，这种感觉就像身上某处痒痒的很不舒服，但左搔右挠却总找不到痒处，又像主持节目时话题虽然早已备好，但语言却难以达意，始终不知所云……

或许人的命运永远难以操纵在自己手中，尤其对于年轻人而言，论资源、讲人脉、拼天时、比背景……每一方面都是短板，除非先天拥有雄厚的家境、超群的智慧、坚忍的意志，否则就会像韩愈说的"跋前疐后，动辄得咎"一样，放不开手脚去直面惨淡的人生，正视干瘪的钱包。生存尚且如此艰难，发展更无从谈起。这样一晃眼就从当年的追梦少年变成了明日的怀旧大叔，人生的梦想、斗志、激情、追求，在不知不觉中化为乌有了，以至于最后"活好当下"——近似古人的"及时行乐"——就成为许多人口头流传的唯一箴言，还美其名曰"正能量"或者"心灵鸡汤"……

第二天是星期五，一大早林像枫就在一连串乱梦中惊醒，看天光已经大亮，赶紧起来草草洗把脸就去系里报到，心里七上八下。

到办公室一看，空无一人，主任办公室也没有磊爷踪影，甚至以往人满为患的辅导员办公室都阒无声息。林像枫纳闷是不是在开会，可会议室里也空空荡荡。他不明就里，暗想也许大家都"下基层"——去课堂监督学生上课情况了吧，于是马不停蹄直奔教学区。

很巧在过道上碰见一个自己班上的学生，林像枫向他询问情况，才知道员工们都去大演播厅参加全校期中教学大会去了。林像枫松了一口气，心说这下那种潜藏的莫名担心终于可以放下了。一阵倦意此时暴风骤雨般袭来，他打个长长的哈欠，就回寝室休息了。

这天的大会议题是什么呢？原来仍是最常见的纪律问题。钱校长在磊爷的建议下，早就计划好了周末的这次大会。目睹国庆节前后员工们放任自流不拘管辖的现状，再联想到上学期李嘉琪王磊命丧黄泉之事，钱校长一股无明怒火就热腾腾地按捺不住，决心利用这次员工大会的机会，对不服管教的教师来个杀一儆百。因此大会第一件事，就是出勤点名。

全校员工人数众多，1000余人的大厅几乎座无虚席，但大厅里此时分外安静，可以听得见大厅外秋叶飘落的声音。点名花去45分钟，正好是一节课的时间。因为会议分外重要，所以连任课老师都告知学生自习或提前下课，无人胆敢以教学为名缺席会议。结果最后除参加省招办招生会议的两名院领导和招办主任外，缺席本次会议的员工只有一个——林像枫。

播音主持系的干事杨艳这时赶紧给林像枫打电话，催他来参加大会。杨艳是林像枫昔日的学生，因为工作效率高、活动能力强，故而留校任播音主持系干事。她一向认为林像枫才高八斗，心中暗暗同情他怀才不遇、书剑飘零，却因为工作关系不能对改善林像枫境遇有所援助，情非得已而一直心牵系之。她拨了好几次电话，对方就是不接，心里无比着急，却于事无补。教务处杨处长几度向她质问，她迫于无奈，只好如实禀报林像枫缺勤。杨处长立功心切，自然喜出望外，赶紧向最高领导汇报。钱校长本是爱才如命、求贤若渴的，不过看到林像枫数次无视校规校纪，且在关键时刻仍是置若罔闻，终于忍无可忍，决定对手下爱将处以极刑——"内聘转外聘"，这是对于教师除开除外最严厉的惩处。林像枫回寝室休息的那一时，就是钱校长宣布处分的这一刻。

下午林像枫醒来才看见好几个未接来电，拨过去知道是杨艳电话，闻知详情后居然并不吃惊，似乎已经习惯了奇葩学校必有奇葩遭遇。眼下的他心灰意冷，对这所学校彻底死心，以前也多次想过"此地不留爷，必有留爷处"，但一直抱有幻想，始终未付诸行动。今天终于下定决心要破釜沉舟了，不过一走了之容易，心头的块垒却无法消除。"雁过留影，人过留名"，这样无声无息地消失算什么?!

"好吧，既然如此，管他的，就闹他个鱼死网破、天翻地覆吧!"林像枫咬紧牙关。

林像枫不懂军事战略，但颇通《孙子兵法》，知道"围魏救赵""指桑骂槐"或许才有奇兵之效，加上对自己的文笔有百分百充足的自信，于是他慷慨陈词，笔锋如电。

第二周星期一上午，一份公开辞职信就在学校上下传了个遍。这封辞职信经过复印后分送到院长、副院长、党委、团委办公室、宣传中心、教务处、学生处、就业处、招生处……于是所有部门议论纷纷。辞职信全文如下。

辞 职 信

各位领导:

我今日以个人名义，向学校提出辞职申请，也对此次的无理处罚提出严正申辩，强烈要求洗净强加于我身上的一切污蔑不实之词。这次的事件纯属有人蓄谋中伤、恶意陷害，其手段之毒辣，用心之险恶，皆前所未见，遐迩罕闻，令人毛发皆竖，肝胆俱碎。我所言句句属实，绝无半点虚构，如有不实，甘受天谴!

这一次带领学生参加全国性的主持大赛，本意一在扩大学校影响力，二在展示学校教学实力，三在锻炼学生综合能力。一般学校皆视此为本学年头等大事，所有教学程序均无条件向比赛开道。在别人眼中难遇的天赐良机，本校却愿意弃之如敝屣，不知何故?! 且师生利用假期自费参赛，既不占用学校资源，也未影响学校教学纪律（当然遇台风而延迟班机属于不可抗之自然力，非人力所能改变，却不意在学校有关方面看来是刻意违规），对于学校而言本是一举数得之事，何乐而不为呢？

众所周知，钱校长从来为人公正廉明、襟怀坦荡、知人善任、唯贤是举，不过自然界经常乌云蔽日，人世间又何尝没有偏听偏信？播音主持系教学办的宋姓小人（因不愿玷污笔墨，故不屑举其全名），怀多年嫉妒之心，借学生举报之义，在别有用心之人教唆下，利用现有权力，大肆公报私仇，暗算、造谣、诬蔑、中伤，捏造罪状，欺下罔上……无所不用其极，完全无视客观情由，公然向学校领导叫嚣我"无视学校规章制度明知故犯"，以此名义扣发我约5000元课时费，及至本人向教务办要求提供证据以作查实时，其竟告以"无证据，但有文字证明"——请问天理昭昭，洞烛幽微，令天下一切小人行为无所遁逃，如今无凭无据，仅凭一纸空文就随便定人罪名，天理何在？公道何在？王法何在？正义何在？难道真是"欲加之罪，何患无辞"么?! 孟子云："人不可以无耻。"而宋姓小人竟无耻至于极限，猖狂达于顶点，真是"水至清则无鱼，人至贱则无敌"了！（后来经学院调查，宋姓小人当初所谓"学生举报"云云纯属子虚乌有、信口雌黄，其蓄意陷害我之心已昭然若揭。）退而言之，即使我果有大错，按本校规章制度，理应先向本人核实，或出示监控不二之铁证，使我无可分辩，唯有低眉颔首心甘情愿接受惩罚；而学校却在当事人毫不知情、毫无思想准备的情况下，突然在大会上宣读我罪状，对我以内聘转外聘处理，且并不知会本当事人，请问这样的追加处罚根据的是学院哪条章程？我对此无比心酸，无限齿冷，无量胆寒，如临深渊，退隐之意油然而生。

骨鲠在喉，一吐为快，今日索性便将历年来所受委屈和盘托出。首先，十年前，我仅仅因为鼓励播音主持系学生多练主持，少学播音，因为21世纪的广播电视界需要的人才是越来越多的优秀主持人，而非照本宣科的新闻播音员，从此播音主持系掌门人就对我心怀怨恨，必欲除之而后快，此后一系列所作所为让我在学校几无立锥之地。撇开私人恩怨不谈，

朗诵者·
LANG SONG ZHE

此老人杜绝一切合理言论，大搞关门宗派主义，任人唯亲的做法就令人齿冷心寒。播音主持系至今培养不出一位优秀节目主持人，就证明了我当年所言非虚。

其次，我作为学校的内聘员工，按合同规定每月应享受200元饭卡补助，又是宋姓小人，以所谓校长指示为由，每月扣发我20元饭卡补助达4年之久。我几番交涉，此人仗着手中的权力拒不增加，丑恶嘴脸令人发指。20元数字可谓小矣，然使人心寒可谓深矣，且不说我作为老员工，多年来辛勤教学积累的良好口碑对得起这区区20元，起码我作为签约的内聘教师，却连应有的基本权利都不能保障，我对这样恶劣的教学环境还有什么留恋可言？！

另外，我在学校工作多年，即使没有功劳也有苦劳，何况所做的成绩也有目共睹，也曾在大会小会上得到过领导多次表扬，惶恐惭愧之余，常怀感恩戴德之心，故加倍努力回报领导关爱。职称上我是国家一级播音员，教学质量上我也一直名列前茅，领导赞赏、同事认可、学生拥戴，但多年来我的课时费却一直只有55元，而教学口碑不如我、职称在我之下的老师大有人在，他们却早已享受60元课时费，这种不公平待遇让人如何能心平？不平则鸣！若说"教师乃人类灵魂工程师，应有不计报酬、无私奉献之雅量"，我也认为无可厚非，只要在情感上对我等多一些关心，少一些无谓责难和暗中陷害，我自然可以不计报酬、任劳任怨，但这次对我一波方平一波又起的无理处罚让我怎能不彻底心寒？

我知道实话一出，必招来诸多嫉恨，但我既已怀必去之决心，又何必在乎招人嫉恨？小人当嫉恨我，而胸襟坦荡、行为磊落者必不会心存任何芥蒂。庄子说："为不善乎显明之中者，人得而诛之；为不善乎幽间之中者，鬼得而诛之。"怀不善之心，以整人为业者如宋姓小人之流，必遭天谴，人得而诛之，鬼亦得而诛之！

辞职人：林像枫

林像枫现在觉得格外轻松，一种凌波微步般的无比逍遥自在之感如月光般裹满了他的全身。他知道最高领导一定会暴跳如雷却又无从发泄，恼羞成怒源于敲山震虎，无从发泄是因为大炮打蚊子毫无意义，这种心情有些近似于不久前自己被人暗算却又无可奈何的情景。于是林像枫心里暗暗得意，觉得"舍得一身剐，敢把皇帝拉下马"的古训在今天依然百试不爽。

现在无所畏惧的林像枫做好了卷起铺盖、两袖清风、被扫地出门的准备，但也莫名其妙有一种再接橄榄枝的预感。结果当天下午，钱校长就亲自给他打电话了。

（十一）

俗话说："是福不是祸，是祸躲不过。"这话用在林像枫此时此地此景或许最合适不过，因此他做好了最坏的打算。不过俗话又说："日中则昃，月满则亏。"最糟糕的事情、最危险的时刻往往会包藏因果、迎来转机。且看林像枫这一遭"鬼门关之行"境遇如何吧！

办公室里，钱校长亲自给林像枫沏上一杯茶，和颜悦色地说："小林啊，知道这次的处罚你心里不太平衡，不过学校是按照规章制度秉公办理的，不存在公报私仇，你写了一封措辞那么激烈的信首先态度就不可取哦！你别激动，听我把话说完。"钱校长拍拍林像枫的肩膀，"这段时间祸不单行，你想想看连续两个学生，这个……啊，出了意外，那么，作为学校方面如何给社会、给关注我们学校发展的家长和学子们留下好印象呢？如果学校的发展出了什么问题，你们这些人类灵魂的工程师又怎样在三尺讲台上培养天之骄子呢？大家都没有了，小家又怎么能幸福呢？你说说，嗯？所以，如果学校不严格加强纪律管理，对教师、学生依然放任自流的话，如果学生再出什么安全事故，学校未来怎么发展呢？小林，你不能因为个人觉得受到了委屈，就写一些立场错误、措辞激烈的东西到处发布。何况刚才我也说过，学校对于员工的处罚是秉公办理，不存在公报私仇嘛！你说对不?!"

林像枫心说："说得这么冠冕堂皇，一口一个加强管理，不过是担心学生出事又要赔钱罢了！前段时间美术系段文彬老师带学生参加实习，路上出了车祸，段老师为了保护学生安全，左眼被飞石砸瞎了，你们却口口声声说是段老师自己的责任，跟学校没有半毛钱关系，这还不是草菅人命是什么？真后悔没把这事写进抗议书里去……"

钱校长见林像枫沉默不语，以为说得入彀，内心窃喜，于是趁热打铁："学校的处理如果有什么你觉得过分之处，你可以向我反映，不必写这样发泄私愤的信，我知道你是一时气急，奋笔疾书，文采倒是一流，不过态度不可取，立场错误就什么都错误喽！呵呵……"

"钱校长，请问我们学校的校训是什么？"

钱校长冷不丁被这么一问，有点错愕，不知道林像枫骨子里卖的什么药，随即一转念——你小子一介书生罢了，能有多大机关，想跟我斗情商，你还嫩点！所以仍旧呵呵一笑说："'博学笃行，自强厚德'，这个校训不是你林才子也参与构思了吗？社会上对我们学校的校训评价很高，连有些办学时间比我们长的知名大学都觉得我们的校训是他们的范本呢，毕竟我们的校训是从《论语》里取得的精华嘛！"

林像枫淡淡一笑说："这个我不懂，我只听说过：一流学校抓学术，二流学校抓技术，三流学校抓纪律。我就是被抓纪律的典型对么，校长？"

"唉！年轻人不要冲动，这个说法本来就有欠妥当的地方，就算学校这次的处罚有可以商榷之处，但处理的原则是对事不对人，再说了，我不是正在跟你谈心嘛！你要觉得处罚过重可以提出申辩，合情合理的地方我会在董事会上跟其他几位校长一起讨论的！现在你有什么觉得委屈的地方尽管跟我说！"

"好，钱校长！既然您都开了金口，'君无戏言'，那我也不再沉默是金了！校长，我这次带学生参加主持大赛您事先是知情的对吧？"

"之前我并不知道，后来听你们系的宋允强给我汇报过，说你在没有得到系里领导批准的情况下就擅自带学生外出参加比赛……"钱校长觉得占领了对话的制高点。

"可是校长，这样高规格的全国大赛所有学校都踊跃参加，就连我们身边那些二流学校都纷纷报了名，您觉得作为本省的一流艺术大学，咱们学校难道不愿意证明一下自己的强大实力吗？咱们学校设备一流，教学水平也是一流，可是一流的设备和水平如果不经过比赛的检验，又怎么得到想报考咱们学校的家长和学生认可呢？古语说'不积跬步，无以至千里'，我们学校现在正在蓬勃发展的关键阶段，如果不把握每一次良机，如果因为遇到发展瓶颈就放缓了脚步，岂不是大大的可惜吗？这次比赛我们取得了很好的成绩，社会上影响也很大，当地的电视台、报社，还有中央电视台都做了相关报道，这么好的自我包装机会如果错失了，那才真是遗恨万年的事情！校长你觉得呢？我在辞职信中也说到了，这次带学生参加高规格的跟专业密切相关的主持大赛，一不占用学校资源，因为我们都是自费出行，二不占用学生上课时间，因为是利用国庆长假，三可借比赛机会展示我校学生实力，一举三得！如果不是因为台风这种不可抗力影响了返程时间，我们这次的比赛可以说极为圆满！为了学生的安全，我们甘冒受处罚的风险，因为对于学校来说，学生的安全是头等大事，这难道不是校长您三令五申强调的办学精神吗？现在我们师生平安归来，而且还手捧金灿灿的二等奖、三等奖奖杯，我自己作为带队老师，却还要受'内聘转外聘'这种最严厉的处罚，让人怎么会不心寒？'士可杀不可辱！'所以我请求辞职，去意已决，写下一封申诉信，此为人之常情，对不？校长您却说我态度和立场都错了，敢问校长，我到底何错之有？"林像枫口若悬河，一气呵成。

钱校长目瞪口呆。他现在觉得自己小看了这年轻人，只好咳嗽一声说道："嗯，这么说倒也情有可原，校委会也正在讨论减轻对你的处罚……"

"校长，不用减轻，我已决心辞职，您对我的知遇之恩我不会忘记，那就告辞了！"林像枫作势欲走。

"哈哈哈，坐下坐下！"钱校长硬把林像枫摁在沙发上，"这样好不？我作为一校之长，自然是一言九鼎，你不是说'君无戏言'嘛！呵呵……看来之前我确实对情况了解不够，误听了一面之词。既然这样，我到播音系详细调查一下原委，一定给林大才子一个满意的答复，你看好不？就算你报答我的知遇之恩好啦！不过呢，你跟有些上司的过节你也不要放在心上，年轻人嘛，不要老跟前辈们斗气，大度点，心胸开阔点，事业才能发展，生活才会幸福，好吧？！"

不用说，这样一来后，最终的结果是处罚化为了泡影，而且钱校长还特地在大会上表扬了林像枫老师这次利用假期时间自费带队出行给学校赢得的荣誉，当然也不吝溢美之词表扬公孙主任领导有方——"强将手下无弱兵"，林像枫听着也只是撇撇嘴，毕竟自己载誉在前嘛！他心里想："人善被人欺，马善被人骑。"所以对于弱者来说，该反抗还是要反抗的，自已被人欺负了，忍气吞声还美其名曰"韬光养晦"，实在不可取。俄罗斯总统普京曾说，"没有实力的愤怒毫无意义"，但对于自己这样有实力的人来说，义无反顾的愤怒也许就不是没有意义的了……

生活又重新回到正常轨道，但林像枫的心态却与以往大为不同，他开始认真考虑跳槽的事了。在以前觉得最悲催的时候都没有动过转移阵地的念头，一场反败为胜的战争结束后，他反而开始思索要不要换个活法了。趁现在年富力强，还没有丧失改变生活方式的动力和精力，必须有所行动了。"居移气，养移体"，"树挪死，人挪活"，再像现在这样在人事的纠葛中一味沉沦颠簸下去，人生的晚景堪忧啊！朝云暮雨，啼莺舞燕，春华秋实，沧海桑田……天地间一切的一切都在变化之中，生生不息，周而复始。人的命运为什么就习惯于画地为牢，或者坐井观天呢？唉，人生在世，有多少事——包括不可测的命运——都是身不由己！

如果要跳槽或者换个职业，做什么好呢？林像枫开始在网络上关注各种招聘信息了，也随时了解跟语言相关的工作到底有哪些种类可供选择。作为一辈子从事语言工作的人，相关工种不过以下数样：首先，影视配音因为同期声和字幕君的出现，现在每况愈下，除了北京和上海，别的城市衰落得只剩下最后一块遮羞布；专题和广告配音呢？因为网络配音的出现，过去按每分钟评估的劳务费现在按小时计算，结果单位时间工资比起过去有接近百倍的差价，何况还要面临网络上无数好声音的竞争；主持婚庆或晚会？这是年轻时代追求的东西，到了一定年龄就要感慨无论颜值还是精力都玩不过"小鲜肉"了；最后，做语言教师，放下话筒然后拿起教鞭，可林像枫现在想要做的，不就是从七尺讲台重新回到话筒前么？……

可供选择的余地对于干语言艺术的人如此之小，除非你——彻底转行。

继续当老师也不是不可以，不过，不能换个人文环境好点的学校么？他想。

天府之国不仅风景秀丽，艺术氛围也比较浓厚，毕竟这里诞生过李太白、苏东坡这样世界级的大文豪，还孕育了严君平、李冰这样名闻遐迩的世外高人、水利奇才。进入21世纪，不少影视明星、主持大腕也相继发轫于此地，正应了"钟灵毓秀"这句成语。因此，各类艺术院校也在天府之国的沃土上仿佛雨后春笋一般遍地萌芽了，虽说这些学校有高下之分、小大之异，但至少都挂着"艺术"的招牌，仿佛乡村饭店若能冠以"皇家"之名立马就能沾濡财气和霸气一般。按说优秀师资在这样的风水宝地是不愁饭碗问题的，毕竟可供选择的地方很多，可是林像枫却深为自己不能被别家接纳而忧惧。其实这种心态也无足深怪：在一个单位待久了，心智和情商都变得麻木不仁，明知眼下的单位摧残人性、压抑才能，却无力甚至无心自拔。电影《肖申克的救赎》中有一句经典台词："刚入狱的时候，你痛恨周围的高墙；慢慢地，你习惯了生活于其中；最终你会发现自己不得不依靠它而生存。这就叫体制化。"林像枫清楚地知道，自己就是千千万万被体制化中的一员，一直对外面的世界充满恐惧之情，而现在就像即将被折磨致死的囚犯一样，对外面的世界又向往又恐惧，于是在极度矛盾中绕着铁笼不断转圈子……

生活就像高山上融化的雪水，无论旦为朝云，暮为行雨，最终都要回归螺旋状态。经过一段时间的精神颠簸后，林像枫渐渐又对眼下的生活安之若素了。他常暗自思忖："庄子《齐物论》曰：'方生方死，方死方生。'既然连生死都可以齐同，那么荣辱、穷通、悲喜、贤愚又有多大区别呢？可以骂眼下这个学校变态、奇葩、狗血，换个学校难道就能改变处境么？还是应该先改变自己的心态，学会随遇而安、和光同尘吧！"如果林像枫真能修炼到道家"无为而无不为"的境界，倒也不失为一桩有益的收获，毕竟庄子还说过"不才方能终其天年"嘛。可惜林像枫此生注定与道家无缘，终究是一介凡夫俗子，再高的思想修养也抵不过恶劣的生存环境带来的精神折磨，舍跳槽外别无他途。一年后他终于向外面的世界跨出了战战兢兢的第一步，览下文便知。

（十二）

话说在播音主持系，磊爷自然是最高领导，而且宝座一坐就十几年，谁也无法撼动他的绝对权威地位。磊爷最得力的助手宋允强虽说只挂了个"主任助理"的名分，级别、资历和几位副主任似乎不在一个档次上，但其实却是所有人心照不宣公认的眼下二把手、未来接班人。磊爷一直对自己的得力爱将赞赏有加、关爱不已，内心也钦定其为第一接班人，并且早已放风给钱校长，好使宋允强将来能顺利上位。宋允强借机扯鸡毛为令箭，拉大旗作虎皮，可心里明白必须趁热打铁接班，才不至于让煮熟的鸭子飞走。因为磊爷虽能在偏僻的乡镇作威作福，可好汉不提当年勇，一旦离开此地，就像秋后的茄子挨了霜，槽头的马儿掉了膘，再也无从施展其威力了。

磊爷早已过了"从心所欲不逾矩"的年纪，虽说精气神尚好，但保不定哪天就有"如可赎兮，人百其身"的可能性，这样宋允强可就要"失怙"了——从两人的亲密程度来说，确也胜似父子。关于磊爷的家庭情况，说来话长：磊爷的亲生独子公孙小磊一直与严父不合，多年互不来往，磊爷屡次想与儿子和好，以使百年有寄，膝下有托，可儿子牛性，对亲生父亲怨气多多——一怨他对母亲不忠，二怨童年家暴，三怨老而贪恋禄位。因此这公孙小磊虽然早已功成名就，青出于蓝，却无论如何不肯雏鸦反哺。说来父子失和是磊爷此生最为忧戚与悔恨之事，也无怪他对反对自己的年轻人报复最深，对曲意逢迎自己的晚辈却全力扶持，硬币的两面原来即是因果。可惜林像枫对此一无所知，不过即使参透个中款曲，林像枫也不会改变自己的书生本色，或许这就是劫波前定吧！

磊爷对宋允强言听计从，将他视为自己的诸葛亮。这么说磊爷自己就是刘备了，总有一天会成就帝业的，只是不知会不会有朝一日跟新时代的陆逊来一场夷陵之战，将霸业败个精光呢？那么，或许在宋允强看来，林像枫就是魏延，脑后有反骨，所以第一次照面就心生厌恶——或者嫉妒，人心谁能参透呢？总之他对这"林大才子"毫无好感，必然要想方设法折腾不已才开心。可惜这次的折腾本以为抓住了好机会，可以陷林像枫于万劫不复的深渊，没想到这林像枫爬起身来反戈一击，反倒让自己在学校上下大丢其脸，"赔了夫人又折兵"。看来对外表老实的人万不可等闲视之，因为你猜不透他在关键时候会迸发出多大的爆发力和战斗激情。不过这次的短兵相接使得宋允强总结了颇多"对敌作战"的经验，虽然林像枫后来居上获得胜利，但宋允强自信并未伤筋动骨，反而更加巩固了在磊爷心中不可或缺的地位——自己毕竟是给磊爷做了替罪羊，况且胜败乃兵家常事嘛！结果一场战争下来，这对"父子"的感情更加深厚，牢不可破了。于是宋允强经常用"塞翁失马，焉知非福"的经典名言来安慰自己。

又是一年深秋时，枫树披红，银杏挂黄，紫藤萝也变得五色斑斓。宋允强的个人事业由此进入了黄金时期——荣升播音主持系副主任，与刘永、余蓉碧两位副主任鼎足而立，实权则远在两位挂名副主任之上，俨然已是一人之下万人之上，可以君临播音系而一呼百应了。

林像枫呢？虽然指桑骂槐狠狠出了一口恶气，实则与宋允强前世无怨今生无仇，纵然鄙薄其为人，却也指望彼此相安无事。如今的林老师在学校上下声誉鹊起，带学生参加比赛获得大奖证明了他过人的专业实力，写辞职信痛斥宋允强显示了他惊艳的文学才华，眼看着就要否极泰来、柳暗花明了。于是林像枫经常用"祸兮福之所倚，福兮祸之所伏"的经典名言来安慰自己。

宋允强刚被任命为副主任一周后，林像枫的副教授职称评定也瓜熟蒂落了。虽然不像宋永强主任那样佩紫纡黄、披金挂银，却也圆了自己多年的夙愿，对于文艺青年而言，算是扬眉吐气、志得意满的日子。以前不正眼瞧林像枫的同事们现在纷纷向他抛出橄榄枝，有约请吃饭的，有主动送礼的，有嘘寒问暖的，有称兄道弟的。

如果说以前近距离白刃战的时候没有别的选择，只能刺刀见红拼个你死我活，现在林像枫和宋允强就是分别站在各自的烽火台上，用望远镜在查探对方的阵营了。其实林像枫不是不明白宋允强这年轻人的难处：一无根底，二无关系，三无本领，除靠着磊爷强求出头外，的确也没有更好的选择；宋允强也明白自己跟林像枫本来不用做死对头，全是为了替磊爷出头才心甘情愿打先锋战。现在双方都没有退路，虽然眼下刚刚硝烟散去相安无事，但战火迟早还要再次燃烧的，只是不知何时何地而已。对于林像枫来说，以一敌二本就力亏，何况对方身居高位，自己只是平头百姓，按说彼此力量完全不在一个平台。但一来光脚的不怕穿鞋的，二来钱校长目前于公于私都有意无意在向林像枫方向倾斜——大概担心磊爷势力过大自己不好把控吧？——结果双方的力量意外势均力敌。

能求得一时平安对于林像枫来说，已经是命运对自己的格外开恩了。他想抓紧时间做些有意义的事：首先趁放假还有将近两个月的时间，赶紧组织大二全体学生举办学校首届综艺娱乐晚会，这样既可锻炼若干学生主持能力，又可锻炼诸多学生创意能力。为使这届晚会办得有声有色，他还特地亲拟海报宣传语："开西南娱乐之先河，领传媒艺术之狂潮"，一时间霸气侧漏，吸引了全校师生的眼球。林像枫乘青云而直上，抟扶摇以万里，成为大家瞩目的风云人物。此时他洋洋自得，觉得以自己眼下的影响力，磊爷也不可不礼让三分呢。

举办首届娱乐晚会，吴迪、孟莉、张艺洲等自然是当仁不让的负责人。这天林像枫约数位粉丝一起吃饭，既为了叙旧，也为了商量晚会的编排。连日不见，师生畅聊甚欢，话题很自然转到了最近发生的一系列事情上。

孟莉快人快语，第一个发问："师父，听说你这回大难不死，因祸得福吗？"

林像枫大笑，由衷喜欢孟莉口无遮拦、率真坦荡的性格。今天徐鑫赶着给系里制作宣传片没法来聚餐，孟莉代表两人前来与大家相会。最近他俩正沉浸在柔情蜜意、如胶似漆的氛围里，她脸上一直泛着红霞，眼中沸腾着幸福的光彩，仿佛清晨的荷叶上闪光的露珠。大家看在眼中，衷心为他俩祝福。林像枫见爱徒生活甜蜜学业顺利，不消说加倍快乐。最近他境遇顺利，颇有一种无往而不胜的势如破竹之感，好运来了挡也挡不住。自己命运亨通，心理阴影面积为零，身边的人也必然叨光借运。这次的晚会借此东风必然又会是一枚重磅炸弹，将一切古老思想、陈旧观念、死板传统通通摧为齑粉，使全校师生面貌都变得生龙活虎，焕然一新！

林像枫现在所想，就是对孟莉最好的回答。他还没来得及开口，艺洲就抢着说："那是肯定啊！你没看师父一脸的红光？肯定是喜事临门呀！"

"师父的喜事你见过？嘿嘿，师父最近难道交了桃花运？脸红得像桃花一样！"

林像枫被弟子们打趣得无言以对："哎，你们几个越来越没大没小了啊！孟莉，你最近幸福得逆天了啊，见你一面好难呢！"

"师父想见我，那还不是随叫随到啊！"

艺洲又抢着说："是啊，随叫随到！你每天跟徐鑫哥卿卿我我、恩恩爱爱、甜甜蜜蜜，神龙见首不见尾的，我们想见你可没机会，今天要不是师父召唤，还不知道猴年马月能在一起聚呢！"

"你别站着说话不腰疼！五十步笑一百步，听说每天都跟台湾帅哥们聊得不亦乐乎呢，沾你的光，我们多久可以去台湾三日游啊？哈哈！"

吴迪这时出面做和事佬了："好啦！你们俩都名花有主了，别再嘲笑我们这些单身汉了！快听师父说下，这次晚会打算怎么弄？"

"谁名花有主了？那是孟莉姐，不是我——"艺洲一撇嘴，"师父，你的想法和要求是什么呢？"

"呃，我这么想……首先形式要创新，内容要有趣好玩，主持风格要轻松活泼、互动性强，总之完全颠覆咱们学校以前晚会那种千篇一律的死板模式，一上台就只会说'尊敬的各位领导、各位来宾，亲爱的老师们、同学们，大家晚上好！'十多年了都一成不变，主持人说得嘴累，观众看得心累。所以这次晚会从内容到形式咱们要全方位翻新，争取一炮而红！在这些方面咱们要多向几个台湾帅哥取经——艺洲，你跟他们几个交情最好，跟他们好好聊聊咱们的晚会吧！"

吴迪说："我也特别腻味咱们学校那种生硬的报幕主持，一点活力都没有。但是师父，老一代的领导和老师们都对跟'娱乐'两字沾边的晚会很反感，说这种晚会低俗、无聊，一点文化含量都没有，你办这种晚会学校不会支持的，弄好了没人会表扬你，可如果一旦弄不好，好多人就要落井下石，看你的笑话了！师父，你想过这点没有？"

林像枫颔首一笑："你放心，当然早就做好思想准备了，我不入地狱谁入地狱？！咱们中国人的老思想是一切都要按部就班，恪守传统，不要创新，只要你想创新就意味着跟大家作对。可这回咱们管不了那么多了，天塌下来我也要扛着，总得有个人先吃螃蟹，才会带动身边的人一起开拓新生活嘛！要知道咱们干的是艺术工作，艺术的特点就是要不断创造，咱们搞这台晚会的目的就是为了创新，不是想跟谁安心作对，所以流言蜚语咱管不了它，放手去做就行了，只要付出了努力总会有收获的！现在大家开动脑筋每人提出自己的想法，孟莉你来负责记录。咱们先分一下工：吴迪担任本次晚会总导演，孟莉和艺洲是副导演，你们仨同时还是主要的主持人，每人发动自己的组织能力，动员更多的同学参加晚会的策划和演出吧！"

吴迪想到读大学快满三年了，终于有机会成为第一届综艺晚会的总导演，心里格外激动，脑细胞空前活跃，好比春日的和风吹绽了百花的蓓蕾。他连珠炮似的提出了几个想法，获得一致首肯，孟莉都将这些点子一一记录在册了：1.将整场晚会内容分为四个组，分别取名欢乐组、创意组、动感组、炫彩组，每组报不同节目进行海选，海选上的节目最后在晚会中大PK，看哪个组观众人气最高；2.节目形式多样，不拘一格，小品、相声、电台模拟直播、歌曲串烧、集体街舞、双簧、表演诗朗诵、影视与动漫搞笑配音……应有尽有；3.除开场到结束担任报幕的四个主要主持人以外，观众席上安排两三个场外主持，四个组每组再出两个串场主持，这样虽然头绪比较多，排练起来比较费工夫，但是观众会有眼花缭乱的新鲜感，也能更好地向全校师生展示播音主持系学生的主持能力和表演才华；4.为避免过去人浮于事和只挂名不出力的弊端，把所有参与人员分为节目组、灯光组、摄制组、宣传组及剧务组，指定或选派组长各司其职，这样所有事务方能井井有条、责权分明。

大家觉得吴迪的想法确实丰富而又有趣，齐声赞不绝口，两位师妹更是对师兄的才能刮目相看，觉得他已经彻底脱离了磊爷的窠臼，承继了林老师的衣钵了。回想一下大一时的吴迪，对磊爷崇拜得简直五体投地，那时他最大的梦想，就是能成为磊爷第二，不管是说话腔调、走路姿势，还是行为特点、处事方式，吴迪活脱脱就是磊爷的影子，当时朗诵团的同学们戏谑地叫他"小金刚"。两年过去，吴迪发生这么大的变化，连他自己想来都觉得有趣。荀子云："蓬生麻中，不扶自直；白沙在涅，与之俱黑。"潜移默化之力足以令造物主惊叹不已呢。

现在林像枫占尽天时、地利、人和的优势，首届综艺娱乐晚会的成功似乎指日可待，这种大好局面是之前简直无法想象的。想当初他刚来这个学校教书的时候，茕茕孑立，踽踽独行，外无运筹帷幄之亲，内无出谋划策之人，孤单落寞到极点不说，又劈面遭遇磊爷这样的顽主，以至于长年只能在漆黑的隧洞里蜗行摸索。现在凭借一己之力终于打破僵局，迎来曙光，创新就又蠢蠢欲动起来，建功立业的雄心一刻也不愿意消停，所以可敬可爱的林老师此生注定是劳碌颠簸的命呀。

大家聊得十分开心，夜深了都毫无倦意。今夜的明月也格外助兴，如水的清辉将大千世界洗濯得一尘不染，也洞明了师徒们澄澈的肺腑。现在整场晚会的框架已定，下面就要进入具体的安排、布置、选材、排练等程序中了，需要导演们费心的事情还有一箩筐呢。不过人人都铆足了劲，准备用一台精彩绝伦的综艺娱乐晚会给这个学期画上一个圆满无比的句号，就像此刻天上那轮浑圆光亮的满月。

（十三）

晚会的筹备及节目海选工作有条不紊地进行着。吴迪豁出去了，每天熬夜到凌晨两三点，白天仍是精神抖擞。朗诵团眼下暂时没有精力过问了，何况最近也无重大比赛需要全力以赴，大四也就要选接班人了，吴迪这个团长现在不过是挂个空名而已，就如同林像枫的指导老师一职早就已经荡然无存一样。宋允强上任后，很快就把朗诵团的行政大权收入囊中。虽说讲专业、论实力、比斤两，宋允强与林像枫的差距不可以道里计，但毕竟是堂堂播音主持大系第一副主任呢，不知内情的外行人会认为他就是年轻的专家，宋允强自己也这么认为——哈哈，弱水三千取之不竭，偌大中国多几个专家又何妨！

钱钟书说："有学问能教书，不过见得有学问；没学问而偏能教书，好比无本钱的生意，那就是艺术了。"如此说来，林像枫教书只是为了做学问，宋允强教书才真真正正是为了"践行艺术"，如果连没学问而偏能教书的宋允强都不是艺术家，那放眼全校，除了磊爷，谁还更有资格当艺术家呢？

这天，林像枫收到一个电话，是一个熟悉的女人声音，林像枫一时没反应过来是谁，对方爽朗地说："哈哈，贵人多忘事！我的声音都听不出来了吗？"

"你是……方芳?!"

"哈哈，我还以为真把我忘了呢？老搭档，这几年在大学混得不错吧？怎么也不跟老朋友们联系下呀？"

方芳是林像枫的电台老同事，出身艺术世家，性情淡泊，家境不错，为人亦颇好，目前主持一档叫作《一千零一夜》的故事栏目，

"我们一介教书匠而已啦，哪有你们那么潇洒呀？好久不见老朋友，十分想念哪！找我有何贵干？不会是突然想起几年没见的老搭档了，就心血来潮给我打个电话吧？"

"哈哈，也是也不是！想念老朋友不假，打个电话问候下，也有事相求，愿意帮忙不？"

"嘿，亲爱的方芳，啥时候跟我说话变得这么客套了？说啥有事相求呢，应该是有事吩咐才对，哈哈！我能帮上啥忙？尽管开口好啦！"

"老朋友就是爽快，是这样的，我们台最近要做两档广播剧，时间长，需要的角色多，我们主持人不够用了。领导说发动一下每人的社会资源，最好能让学艺术的大学生多参加，这样能最大限度节省预算——你是老电台了，你懂的——我正好想到你这几年在大学发展，肯定有学生资源可以推荐，于是就跟你联系啦！帮我多发动点学生，方便不？先提前说声多谢啦！"

"哈哈，这么多年过去了，电台怎么还那么节约成本啊?！不过正好，学生参加广播剧演出可以锻炼专业，他们现在也不在乎钱，在乎的是机会，谢谢老朋友给我们的学生提供这样好的实习平台呢！亲爱的方芳，你别谢我，该我谢你才对呀！"

"哈哈，那好极了！你也来参加哦，而且给你安排主要角色，我给台里申请下，看能不能给带队老师一点车马费，不过有也不会多，要多多担待哦！"

"我们之间还说这些？太见外了嘛！你给我一个演出机会已经很感动了，以后这种活动随时要想到我啊！"

"那是必须的，只要你不嫌白干！哈哈哈……"

如此一来林像枫跟老朋友搭上了线。第二天他就带上吴迪、孟莉、艺洲、徐鑫，以及四个大一的学生一起到了广播电台。

走进宽阔的一楼大厅，林像枫深吸一口气，他离开电台一晃五年多了，熟悉的一切再度映入眼帘：发黄的门牌，陈旧的电梯，橱窗里多年前的宣传海报……似乎除了人以外，别的景象从来没有改变过。

电台录音棚就设在大厅旁边，方芳已经在这里等候他们了。

林像枫跟方芳来了个深深的拥抱，两人不约而同回忆起了当年的青葱岁月——清晨的阳光从窗口射入，是秋日里难得的好天气，金属操控台发出蓝灰色光泽，好像月光辉映下的海滩。

今天一天要录两部广播剧。上午要录的这部名字叫《冰火两重天》，切合眼下时政热点，以反腐倡廉为主题，人物多，时间长，情节曲折，悬念迭出。电台准备将这部广播剧制作成精品，参加全省"五个一"工程奖和全国广播剧大赛，所以导演格外看重，反复试音以敲定角色。

最后给林像枫定下男二号的角色，艺洲也担任了一个女主角，别的学生都跑龙套，不过配角的戏份也不轻。林像枫一开始觉得重任在肩，寻思不能在老同事、新学生面前丢脸，结果迟迟未能入戏，急得一身汗，好在他毕竟影视剧配音经验丰富，很快调整好了心态，声音的演绎就游刃有余了。加上师徒们内心感谢方芳对大家的关照，于是创作热情格外高涨，人人精神抖擞，把声音的美演绎得淋漓尽致，获得导演、编剧、录音师、同行们的一致好评。首席录音师李飞白特地拉了林像枫的手，表扬他的团队今天分外出彩，给自己的工作减轻了不少压力，欢迎今后常带学生来参与广播剧、诗歌朗诵等各类栏目的录制。林像枫心里高兴不已，嘴上谦虚地客套了几句。

午饭后继续录音，下午大家都进入了更佳的状态，速度很快，导演颇为满意。原先预计要到晚上第一部戏才能杀青，结果演员们配合默契，三点过就结束了。于是趁热打铁录第二部戏，名叫《青春无悔》，说的是大学生自主创业的事，大概因为正好跟师生们的自身境遇切合吧，这部剧也高效率顺利杀青了。

方芳非常开心，因为老朋友离开电台后跟自己的第一次合作就如此顺利，学生们也很听话，任劳任怨。送林像枫等到电台门口的时候她再三说很快还会有合作，希望大家都来。

林像枫道了谢，然后师徒九人准备回学校，四个大一学生很懂礼貌，让师兄师姐们坐林老师的车先走，他们四人打的随后就回。

回学校的路上，林像枫感慨地说现在影视剧配音被同期声挤兑得奄奄一息，除了北京的配音市场还算饱和外，别的地方的配音演员现在要么被迫转行，要么早早退居二线无用武之地，没想到今天的广播剧证明了配音演员还能发挥余热，尽管这样的大型广播剧或许一年半载才有一次机会，最多只能算是配音界的回光返照……艺洲打趣说："师父言重了，您现在桃李满天下，好声音必然也传遍四方，以后说起是您的弟子，大家面上都很有光彩呢。"

林像枫大笑，说："我桃李满天下，弟子们青出于蓝而胜于蓝，在海峡两岸主持比赛获大奖，面上有光彩的应该是我呀！从来只听说过徒弟给师父增光，多久有师父给徒弟增光的说法啊？"

"我的意思是名师才能出高徒，高徒因为名师而自豪，参加比赛也格外有信心，所以才能取得好成绩，你们说对不？"

大家为艺洲的机敏而喝彩，深以"名师出高徒"的古训为然。孟莉也凑趣说："师父，你看弟子们就是争气对吧？去年齐越节朗诵比赛吴师兄就取得了零的突破，今年的主持比赛，还有今天的广播剧，在师父的带领下，咱们都顺利地完成任务，看有些不怀好意的小人还能把师父你怎么样！期末的综艺娱乐晚会咱们更要办得漂亮，这样背后折腾你的人就更不敢像以前那么猖獗了！咱们的高徒棒棒哒，名师更不好惹呢！哈哈……"

吴迪接口道："所以这次晚会咱们要全力搞好，可不能虎头蛇尾，惹人笑话！艺洲，你跟宝岛帅哥们聊得怎么样了？"

艺洲忽然脸上一红，孟莉看在眼里，意会心中，只不好在这个环节挑明，这时一直沉默是金的徐鑫开言了："艺洲是咱们学校数一数二的学霸，学啥都来得快，以前对娱乐主持不感冒，以后一样会是顶呱呱的金牌娱乐主持人，下回要再跟谢秉林他们几个PK，我觉得他们一定会甘拜下风呢！"

孟莉听了心里颇不受用，白了徐鑫一眼，不想再搭腔。艺洲自己反而不好意思了，谦虚地说道："谢谢徐姐夫夸奖，其实孟莉姐在这方面脑子比我灵，我还要多学习才行，毕竟以前没有怎么接触过娱乐类型的主持，而且这个也不是我擅长的风格。虽然我自己也想寻求新的突破，但总觉得力不从心，这次的晚会还要师父和哥哥姐姐们多多指教才行！我希望不让你们失望——"

"怎么会——"孟莉觉得自己刚才表现得过于小气，有些惭愧，赶紧抢过话头说，"艺洲，其实徐鑫说得对，他是故意刺激我呢。我现在贪玩，不爱读书，太浮躁了！这样下去不行，这段时间也没跟你好好聊聊，约个时间咱姐妹俩私聊！"

正在这时林像枫手机响了，是方芳打来的："老朋友，你们回学校了没有？"

"马上到了，谢谢关心！哈哈……"

"今天大家都很棒哈！马上又有一个活动，你们愿意继续发光发热不？"

"当然愿意呀，只要时间允许！啥活动？多久搞呢？"

"一场诗歌朗诵晚会，时间是十二月底，主题是迎新年，所有作品都是巴蜀大地优秀诗人们的原创，我们电台是承办方。我给台长推荐了你们，怎么样，有兴趣参加没有？"

"这还用问吗？非常愿意呀！先代表大家说声谢谢啦！不过这个朗诵会的时间段是在期末，不知道学生们考试怎么安排，我先了解一下再给你回话怎么样，老朋友？"

"当然好呀！不急啦，过十天半月给我回个话就行！"

这个期末安排真是紧凑无比，所有重要事情都集中在这个阶段了，仿佛浓缩的炼乳。林像枫责无旁贷，很多事亲力亲为，上课也不敢有半点马虎，不消说自然是忙得不可开交、晕头转向。不过最操心的人还是非吴迪莫属，或许天生就是操心命的人才有资格在单位做领导，在剧场做导演，在家里做户主，在行会做舵爷……吴迪眼下是单身，所以无须为家庭操心，不过在朗诵团当团长、举办晚会当总导演、参加比赛当领队，看来既是当仁不让的业界翘楚，也是注定摆脱不掉苦命的人了。按照这个逻辑，嫁给吴迪的女孩儿一定幸福无比，因为吴迪已经为她把所有苦难都承担下来了，男人负责挣钱养家，女人只好负责貌美如花了，这可是多少女孩儿梦寐以求的事呀！那咱们就静观吴迪何日在爱情上修成正果吧。

林像枫了解清楚了期末的教学、考试等安排，心中有数后才给方芳回话愿意参加新年朗诵会，俩人约好彩排时间定下来后就第一时间联系。现在可以暂时把朗诵会放在一边，全心全意做好综艺娱乐晚会了。晚会时间定在圣诞节前一周，眼下节目的海选进入瓶颈期——内容倒是丰富，歌舞小品朗诵配音应有尽有，却千篇一律缺乏创意，尤其小品类节目更是除了模仿再无原创，令导演们头痛不已，而且眼下时不我待，成败就在这最后一个月了！

吴迪继续为晚会的节目焦头烂额，艺洲经常跟谢秉林们在QQ上彻夜长谈，连孟莉和徐鑫这对苦命鸳鸯也熬夜排练节目，几位得力干将不可谓不拼，可效果毫不理想——归根结底，大家之前从无策划举办综艺娱乐晚会的经验，实在不知道怎样去设计晚会所需要的诸多包袱。林像枫以前以为自己见多识广，又有很长时间电台从业经验，举办个把场综艺娱乐晚会不在话下，没想到在电台跟听众聊天开玩笑逗乐子是一码事，在舞台上举办随时有笑点的晚会又是另一码事。于是到目前为止，晚会的进程面临一个颇为尴尬的局面：如果硬着头皮勉强搞下去，那么被观众吐槽、被同行嘲笑、被领导看扁的可能性极大，现在赶紧悬崖勒马、偃旗息鼓还来得及，最多找个借口"因故终止"就是了。

（十四）

但林像枫从不是知难而退的性格，否则这些年也就不会遭遇这么多不顺的事了。林像枫这人就只知道一味钻牛角尖，视专业为生命，吃饭走路睡觉做梦都在寻思如何干出惊天动地的宏大事业，成为语言行业未来的领军人物，可卑微的出身、蹭蹬的境遇、特立独行的个性、桀骜不驯的性格……都注定了在这个时代里他只能在悲剧中扮演主角了，工作上颠簸曲折风浪不断，生活上也至今孑然一身，和吴迪倒是相映成趣，一对难兄难弟。

难道弟子们和朋友们就没有想过要让林才子脱单么？

不是不想，爱莫能助罢了。

据说，但凡搞艺术的人都有怪癖，要么生活上性情古怪，要么工作中行为刁钻。受过艺术熏陶的人，外表温文尔雅，一派绅士风度，生活当中长久相处起来却矛盾多多、摩擦不断，所以艺术圈子分手率、离婚率都较高。

想当年，林像枫也谈过一场惊天动地、轰轰烈烈的恋爱，最后却以惨烈的失败而告终，这件事在心里投下的阴影是再也挥之不去的——

林像枫并非出身艺术世家，父母都是三线企业里的机关工作人员，既不是领导干部，也没有显赫的家世，是那种安安心心、平平淡淡过好每一天的普通人家，大多数中国老百姓家庭不都是这样的生活方式么？也许正是这种恬淡悠闲的生活方式才造就了林像枫今日率真朴实、不会溜须拍马的性格，让他在艺术的海洋里惬意优游，也让他在生活的河流里吃尽苦头。

读大学的时候，林像枫就明确了自己的生活目标：做自己爱好的事情，不管为实现这样的梦想要遭遇多大的苦难。结果就是凭借一股"不入虎穴，焉得虎子"的勇气，居然几经辗转考进了广播电台，成为一名自己梦寐以求的播音员。

可是经过大概三个月的实习后，林像枫对电台内心却有太多失望：这里的人并没有他所想象的艺术气息，所有人只是正常地播音，按部就班地编辑稿件……林像枫当初一腔热血全部化为空气，想别寻出路又心有不甘，何况也不知道自己究竟做什么合适，结果在电台一干就是八年。

好在因为媒体工作接触外界机会较多，这样林像枫才跟影视配音有幸结下不解之缘。事也凑巧，某天兄弟电视台请他做嘉宾，在电视上他侃侃而谈、滔滔不绝，正好一位配音导演在看这档节目，对他的声音印象很深，恰巧又认识这档节目的编导，于是林像枫被有幸推荐到配音剧组试音。导演觉得他音色不错却缺乏表现力，让他在剧组跑龙套。当时跑龙套的主持人和爱好者有好几位，基本都被导演的坏脾气给吓跑了，林像枫想起电台的遭遇，咬牙忍受住了，最后经过多部电视剧的洗礼后，终于在主角的岗位上一显身手了。

可惜林像枫刚刚开始担任主角的时候，影视剧就开始重新洗牌，同期声、字幕取代了配音，昔日的声音艺术身价大跌，于是林像枫只好将满怀抱负再度压抑到心底。

当艺术老师的好处是：可以把自己没能实现的梦想幻化为学生心中的虹霓，而老师自己也仿佛再度翱翔于七彩祥云之上。当你在前线拼搏得头破血流的时候，退居二线走上三尺讲台坐拥书籍千卷绝对是最好的疗伤方式，所以林像枫才选择了以这样的方式继续跟语言艺术结缘，只是这时，他离自己的终极梦想越来越远却浑然不知。

好在凡事有所失必有所得，林像枫在事业上没能蟾宫折桂，却意外被丘比特的神箭射中了。

吸引他关注的是一个戏剧学院大四的学生，学的专业是歌剧，会用中文和法文两种语言演唱《茶花女》。在一次朋友邀请的饭局上，趁着酒兴，每人表演了一个拿手节目，林像枫朗诵了《将进酒》，她饰演了玛格丽特·戈蒂埃，结果彼此都对对方颇有好感，然后两人就顺势现场合作了

《茶花女》话剧片段，获得满席喝彩。

像一切热爱新鲜事物的人一样，林像枫坠入爱河了，爱得那样强烈，那样不知所措，那样神魂颠倒；她呢，对他的爱也毫不逊色。双方把彼此视为艺术的化身，都在对方的眼中照见了自己。

爱情的烈火可以温暖冰冷的灵魂，也可以烧毁灼热的心灵。对于青年男女来说，"爱"永远只是过程，"需求"才是彼此长久生活的维系。所以，过于强烈的爱和过于耀眼的雪一样，注定是不能持久的。

他们同居六个月后，她有了身孕。这时她告诉他，她不能跟他结婚，第一她还没做好准备，第二她家里一定不会同意她跟一个身无分文的文艺青年在一起。

他疯狂了，赌咒发誓要跟她永远不分离，永远对她好，把一切都献给她，包括未来，包括生命。可她只是礼貌地拒绝，并且准备打掉腹中的胎儿。

一周后她失踪了，给他留下一张字条："我走了，别再来找我了，我们是没有未来的，我爱过你，跟你在一起度过了幸福的半年时光，现在爱情结束了，我该走了，你多保重，别来找我，你找不到我的，再见。"

林像枫崩溃了，连续几天喝得酩酊大醉，用酒精不断地摧残和麻醉自己。他通过一切朋友关系和手边线索拼命找寻她，可他心里很清楚：除非她自己现身，否则他不可能找到她。然后他继续流连于酒吧和歌城，让自己的头在霓虹灯的闪烁下更加晕眩和懵懂。

等到他终于从癫狂状态中逐渐恢复清醒的时候，他已经身无分文，形销骨立，不过很惊讶自己居然还活着，没有发疯，没有被酒精摧垮或是自杀。

他从此开始全心全意做一个语言教师，并且下决心这辈子再也不恋爱，不结婚。

他把所有精力和热情全部投在朗诵上，这才有了这个故事开头的那一幕。

好多年过去了，那个女孩儿怎么样了呢？

契诃夫在他的小说《带阁楼的房子》里描写了一位画家执着的爱情，结尾部分画家那句深情绵邈而又痛彻心扉的呼唤："米修司，你在哪儿啊?"像极了林像枫此时的心境,他每次读到这句话时都会泪如泉涌,肝肠寸断,心里喃喃呼唤:"爱人,你在哪儿啊?"

时光荏苒,人事倥偬,现在的林像枫已不记得当年刻骨铭心的爱,只对女人有了"一朝被蛇咬,十年怕井绳"的防范心理,所以他后来的原则是:寂寞时可以有短暂之爱,但绝不付出真诚之心。

这是典型的游戏人生的规则,但是对于林像枫而言,有更好的选择么?

这就是为什么连最亲近的朋友和弟子,都对林老师"脱单"的人生大事爱莫能助的原因了。

暗恋他的女生自然不会没有,不过他丝毫动不了心,大概他已经失去恋爱的愿望和能力,甚至,连本能都失去了。

所以现在的林像枫变成彻头彻尾的工作狂,只想在有生之年能在语言艺术上有所作为,至少,培养出几个有本领的弟子,也就不枉此生了。

也许看官们会说这样的人生不完美,可是人生本来就是不完美的,完美的那是梦想,不是生活。

按照这样的说法,首届综艺娱乐晚会不完美也没有什么关系了。不过因为晚会属于艺术的范畴,而艺术的特点是追求完美,所以林像枫及弟子们才如此上心。

很快,一次偶然改变了晚会的命运,也决定了整场晚会的格局。生活中处处有偶然,偶然可以改变许多东西,甚至人的一生。莫泊桑《项链》里的卢瓦栽夫人不就因为一次偶然彻底断送了后半生么?不过,偶然这东西可以把命运变糟,也可能把命运变好,它就像一个跷跷板,一头连着地狱,一头朝向天堂,就看你的脚会踩在哪头上。

吴迪有一位高中师弟,名字叫作游运齐,曾经也狂热地喜欢播音主持,可家里反对他学艺术,于是高考选择了北京一所大学的法学系,现在虽然只上大三,却已成为京城小有名气的律师。

正当吴迪为晚会殚精竭虑、苦思无计的时候,游运齐从北京飞到天府之国来办事,当然要特地来看望一下自己的师兄了。看到吴迪一脸的忧心忡忡,游运齐愣住了:

"迪哥,啥事这么纠结呀?"

吴迪对他倾诉了自己的苦闷，并且加以说明："其实我丢脸无所谓，一个普通学子而已，我是怕恩师林老师下不来台！"

游运齐咧嘴一笑："别着急，咱们一起合计合计，没准儿能想出好招来呢？"

"嗨！你能有啥好招？你现在又不了解咱们这个专业，连我们的林老师都挠破了头，你还能想出啥好招儿？"

"哎，迪哥，话不能这么说，三个臭皮匠，还能凑出个诸葛孔明呢！不就是一台晚会嘛？一文钱还能难倒英雄汉？"

"你别站着说话不腰疼，'不就是一台晚会嘛'，说得轻松，学我们这个专业的都挠头，你一大律师能干吗？你以为这是在法庭跟人辩护呢？！"

"迪哥你别急嘛！你把想法给我说说，万一我能支点招呢？再说了，就算我没招，你也不损失啥对不对？"

吴迪一听觉得这话有道理，于是详详细细把晚会的举办动机、构想，乃至节目设计、主持人安排都一股脑儿全说给游运齐听了，完了还不忘加一句："怎么样？竹筒倒豆子，全告诉你了啊，是不是觉得挺专业，挺有范儿的啊？！"

游运齐莞尔道："专业是够专业，想法也好，不过——"

"不过什么？"

"不过还少点趣味性，比方说游戏就不够。"

"我们已经设计了好多种游戏了！"

"但我觉得这些游戏还不够精彩，高难度的游戏才有看点呢！比方说溜溜球、堆纸人、变脸什么的。"

"诶，听起来倒蛮新鲜的，确实我还真没想到这个，运齐，你从哪儿知道这些稀奇古怪的游戏名字呀？把细节给我说下。"

"哈哈，这个说来话长，不如直接看视频一目了然，这样吧，我有个韩国朋友，是专门在韩国电视台做娱乐节目的编导的，他脑子里新鲜花样可多，要不我喊他来见你跟你聊聊？"

"他人在哪里？"

"在北京呢。"

"那咋见呀？难不成要人家飞到我们这儿来？我们的活动学校可是不

提供一分钱经费的，都是我们自己挤生活费，哪有钱给别人报机票啊？"

"不需要你们报，我喊他来他马上就会来的！"

"怎么这么灵？跟你啥关系呀？难道是个韩国妹子？哈哈！"

"嗨呀，不是妹子，算我一客户吧！去年在中国谈广告合作业务栽了跟头，被人告诈骗，差点吃不了兜着走，没人敢接这案子，我爸让我接下来，最后辩护成功了，这哥们儿感谢我得要命！一直想找机会报答我，看师哥你为个晚会急成这样，就把这份人情送给你吧！"

"那……我就只好恭敬不如从命喽！"

两天后，韩国帅哥从京城飞来了。这帅哥名唤金俊基，一副大明星的范儿，其实只是电视台一名普通编导而已。他中文虽然说得蹩脚，却丝毫不影响交流，很快就跟吴迪成了好朋友。

有了金俊基和游运齐两大帅哥的友情加盟，林像枫的智囊团空前强大，他们仔细学习研究金俊基从韩国电视台拷回来的各种节目视频，分析编导意图，洞察观众心理，精心设计舞台美术——一周时间，就将所有节目程序安排妥帖，他们终于对晚会的成功信心满满了，准备进入最终彩排阶段。

游运齐和金俊基觉得效果现在可以满意了，当初如神龙一般匆匆而来，今日又要像云雾一样匆匆而去了。吴迪等苦留不住，彼此约定在京城再度聚首，因为到祖国首都去发展正是吴迪毕业后最大的梦想呢。

（十五）

首届"传媒希望杯"大型综艺娱乐晚会——这是林像枫特地想出来的名字，目的是让学校领导觉得举办这场晚会是为了传播正能量——定于12月15号晚上7点整在学校大型演播厅正式举行。这之前，张贴大小海报，给校领导、各部门负责人、各系系主任、相关专业教师等送请柬，建立微信公众平台以便现场抽奖，设计布置舞台，租借服装，联系赞助商家——种种琐事纷至沓来，难以尽述，总之都要花费心血和体力。不用说又是吴迪带头跑腿和张罗，所有人都跟着他上下波折，来回颠簸，不过无人口吐怨言。

15号这天一大早，林像枫、吴迪就睡不安稳了，虽然昨天他们刚刚通宵彩排，回各自寝室不过休息了两个小时。等他俩约好在大演播厅碰头的时候，却吃惊地看到艺洲、孟莉领着几个小师妹，正蹲在地上聚精会神地用白色羽毛和棉花在制作两只硕大无朋的翅膀。

舞台两天前已经布置好，各色彩纸拼出的万千图案在霓虹灯的照射下发出耀眼的光芒，看去已是美轮美奂、光艳绝伦了，现在孟莉们做这对大翅膀是什么意思呢？

这时徐鑫来了，手里满满提着豆浆和包子，一看见林老师和吴师兄，忙不迭地先塞几个包子和豆浆给二人，然后招呼孟莉们："早饭来了，美女们，吃完再整吧！"

吴迪问："这对翅膀是要干吗用的？"

"昨晚……哦不，今早你们回去的时候，艺洲跟孟莉一合计，觉得舞台正中的背景还缺点啥，有点空空荡荡的，没个中心，做这么一对大翅膀左右张开作为舞台背景，象征腾飞和超越，师父你们觉得她们的想法怎么样？"

"哈哈，灵感来了挡也挡不住啊，咱们还有啥可说的！对了，几个场外主持人还有啥困难没？"

"正要给师父说这事呢，场外主持人都是大一的学弟学妹，还有些紧张放不开，需要师父再给他们几个指导下。"

"也好，临阵磨枪，不快也光，他们现在在哪儿，还在休息吧？毕竟昨天都熬了通宵。"

"师父都起来了，徒弟们怎么能安心睡觉？他们在化妆室呢，我喊他们几个过来。"徐鑫转身要走。

"等下，徐鑫，摄像安排得如何？没问题吧？！"

"哈哈，师父放心吧！这事包在我身上！"

四个场外主持外表看起来都很青涩，见到大名鼎鼎的林像枫老师，人人面露忐忑之色。两个男孩子尤其显得紧张，一个是典型的"小鲜肉"形象，一个矮矮胖胖，满脸青春痘仿佛草莓；两个女孩儿一清纯一靓丽，外形倒都是上娱乐舞台的好材料，就是不知反应力如何。林像枫先询问大家准备得怎样，有什么觉得困惑的地方不妨提出互相沟通。那个草莓脸男生先说话了：

"林老师，我们都是第一次主持，感觉特别紧张，就怕想好的词突然卡壳，以前学过的思维、即兴评论啥的全都用不上，到时候冷场了怎么办？不被观众给笑死啊？"

两个女生小鸡啄米似的点头说："嗯，对，我们也担心这个呢！"

林像枫笑道："你们说的这种囧事吧，我们以前都经历过呢。我在广播电台工作的时候，有一天做一场外景现场报道，内容是关于世界杯足球赛的热身赛，我要介绍咱们当地俱乐部一个新球员的个人简介。按说事先也做好了充分准备，对球员个人情况了解得也很熟悉了，结果直播的时候——哗！就像脑子进了水似的，那个球员的名字我忘得一干二净，哼哈了好一阵还没想出来，那一瞬间真是想死的心都有。幸好当时一个电视台的哥们看到我崩溃得一塌糊涂，赶紧抢在话筒前帮我报那个球员的名字，一边尽量跟我互动，我才慢慢放松下来，之前滚瓜烂熟的东西突然又回到脑子里了，于是接着这哥们儿的话把直播做完了。事后发现全身都湿透了——真的，一点不夸张，背上全是冷汗！幸好不幸中有万幸，兄弟救场帮忙完成了直播，如果那次失败了我当时的想法是：这一辈子都不可能再干主持这行了，太折磨人了！不过说来失败真是成功之母，后来我做直播的时候，不再盲目相信自己的记忆力，一定不忘记提前准备手卡，时间再紧也要把关键词写在上面，这样就算思维断线了，眼睛一瞄手卡也能马上就想起报道的主题，不至于像第一次直播那样紧张得大脑一片空白。我看你们都准备好了手卡，对不？"

小鲜肉男生说："林老师，以前觉得这手上拿东西又不方便又小儿科，现在看来原来这玩意就像表演的道具一样，关键时候能让你放松！"

"哈哈，这样比喻很形象啊！主持的最大特点就是要放松，这一点跟表演没有任何区别。我经常说，一个优秀的演员一定同时也是一个优秀的主持人，不过一个只会主持报幕晚会的主持人可没条件做一个演员，只会照本宣科的播音员就更不可能了。所以我经常说，不要每天都去练播音，任何语言艺术都要学习。我是因为自己有惨痛的经历，才有这些刻骨铭心的感悟呢！"

"林老师，我们才大一，还没机会上您的课，但早听说您对主持、朗诵，还有配音都有很深的造诣，一直想来向您学习，趁这次机会多教教

我们吧！"

草莓脸男生说："林老师，我奶奶就是话剧团的老演员，所以我能体会到您所说的表演的重要性。我觉得表演有交流，而照本宣科的播音没交流，这是它们的本质区别，对吧？我奶奶说过，不会交流的演员和主持人是最蹩脚的演员和主持人，那天您在彩排的时候，我听您反复在强调'交流''交流'，我就知道您一定跟我奶奶是一路的！"

"哈哈，没错，我跟你奶奶就是一路的！所以以后只要说到综艺娱乐主持，我们的口头禅就是——你奶奶的！哈哈……"

大家都忍俊不禁，连连说道："是的，是的，你奶奶的！你奶奶的！！你奶奶的！！！哈哈哈……"

这时候太阳升起了，冬日里难得的阳光照在身上，也照进了每个人的心田。说起来天府之国冬天里的太阳最为悭吝，偶尔赏光前来造访，热度和光度也都压缩得惨淡可怜，好比旅游景点到了淡季只好打折促销，或者过气电影明星客串大戏配角。不过今天天空好歹有阳光，多日来的阴霾被一扫而空，还有比这更富有寓意的景象么？

忙碌了两袋烟的工夫，这边林像枫跟几个外景主持训练得不亦乐乎，那边孟莉们的大翅膀竣工了。徐鑫一声令下，七八个身强力壮的男生用几根长绳费了九牛二虎之力，才将它高高挂起，只见：遍体缟素仿佛飞雪铺就，一身莹白恍如水晶砌成，飘摇争蹈海，伸展欲凌风，真有"抟扶摇而上者九万里"的气势。几个负责照明的学生故意调皮地变换不同颜色的灯光把它照耀得五彩斑斓，果然使舞台锦上添花，人人都情不自禁对孟莉和艺洲的审美品位啧啧连声。

中午以前，所有节目的演出人员都陆续到位，大家的午餐就是在演播厅里吃盒饭，剧务组早把吃饭问题安排得井井有条，伙食虽然简单，却也荤素俱全、营养不缺，且无须花费分文——这些福利都是宣传组在学校周边商家和饭店拉到的免费赞助。既然学校不肯对学生的艺术活动援助半文经费，大家只好积极开动脑筋力争少出钱多办事，结果大大锻炼了同学们的公关、社交、谈判和宣传等多重能力。

这次综艺娱乐晚会在学校开了先河，在校长"世界一流"精神和口号的号召下，如果不办好岂不是给学校大大地打脸么？可惜昨天给钱校长送请柬的时候，他虽然笑容满面收下了，却轻描淡写说自己今晚有个重要会议，恐怕不能莅临晚会，这一表态令吴迪们颇为泄气又无可奈何。

不过，令吴迪们意外的是：告诉林老师这个重要情况的时候，他居然也只是轻描淡写"嗯"了一声，别无下文，似乎最高领导出席与否并不是头等大事，无须格外放在心上。当然一转念吴迪立马参透了林老师的心曲，不过他并不给师弟师妹们多做解释。

眼下万事俱备，只等灯光组、音响组两组人马到齐，就可以最后一次走台，力求做到有备无患，否则一旦出现失误，全靠主持人救场，艺洲们的压力会比较大。好在林像枫对艺洲、孟莉，还有吴迪都很有信心，觉得三位高徒见多识广，又屡次经历真刀实枪的淬炼，应付学校内部这种规模的晚会应该完全不在话下，毕竟"曾经沧海难为水"嘛！不过还有一个大一的师弟与三位师兄师姐组成"feeling四人组"——这是典型的"以老带新"模式，师弟名曰吕鹏飞，这个小伙儿的舞台经验可就要打上问号了！出于对艺洲们的充分信任，之前林像枫没花心思在报幕主持上，结果吕鹏飞见到林老师一忽儿关心场外主持，一忽儿牵挂小品节目，一忽儿忧心舞台布景……或者得空时跟孟莉、艺洲们谈笑风生，就是不对自己嘘寒问暖，觉得缺少存在感，一时间心跳不已，总担心自己入不了林老师法眼，于是趁着最后一次彩排，把自己的心事偷偷告诉了艺洲。

艺洲偷偷告诉了孟莉，孟莉偷偷告诉了吴迪，吴迪大大方方告诉了林像枫。林像枫听后大笑，要吴迪把吕鹏飞带来私聊。

吕鹏飞是典型的黑龙江小伙儿，身材高大，器宇轩昂，面圆耳大，鼻直口方，有些近似于《水浒传》里鲁提辖的形象。林像枫对这小伙儿一直看着顺眼，只是因为多日忙里忙外暂无时间交流沟通，现在倒是可以得空聊天了。

吕鹏飞其实属于天资聪颖、热情外向、能说会道型，不过见到专业老师，一股敬畏之情便油然而生，反而变得笨口拙舌了。林像枫看在眼里，大度地微笑表示万分理解，吕鹏飞渐渐放松下来，觉得跟林老师这样的专家的第一次谈话还是从专业谈起才更容易打开话匣子。

可惜此时是白昼，无法秉烛做通宵夜谈，何况要务在身，话题不能无挂碍。不过寥寥数语中，林像枫还是感觉到了这东北小伙儿的灵气，于是问这次晚会是何人慧眼识珠让他从大一的人海中脱颖而出的，吕鹏飞回答道："是艺洲姐，她老好了！主持人海选那天我向她毛遂自荐，把我在高中获得的我们黑龙江省朗诵大赛的冠军证书给她看，她一下子就对我印象特别好。后来上台的时候我发挥得还不错，她就带我和另外两个男生一起去见迪哥还有孟莉姐，我们三个男生又竞争了一次。我觉得那两位同学比我反应更快，舞台经验也更丰富，大概是看中了我的身高吧？所以最后还是定了我，我觉得我这次真是运气老好了。"

林像枫被这小伙子的淳朴逗乐了，说："运气好也是优势啊，哈哈！其实吧，我觉得他们仨主要是看上了你的态度，要知道干我们这行，态度决定一切啊！好多学生就因为太浮躁，半壶水响叮当，说他没本事吧？小聪明、小灵气从来不缺，说他有本事吧？使完了三板斧，就啥后劲也没了。可这号人自我感觉却特别良好，觉得放眼普天之下，没人能比他更有才，更有本事了！结果呢？尾巴翘得比天高，真正一碰钉子又脆弱得想自杀，这号人最招身边的人讨厌，有什么好机会也绝对不会推荐给他，那你说再有才能又有什么用？态度才能决定一切呢！可惜我们这个行当里的人往往浮躁功利，而且摆不正自己的位置。今天有机会上台主持一档节目，明天就觉得自己已经独孤求败了；今天凭工作关系采访了一位名人，明天就在朋友圈吹自己跟名人如何哥们儿了。"

林像枫自顾自侃侃而谈，没察觉吴迪、孟莉和艺洲都悄然聚拢来听得入迷。话音刚落，吴迪咳嗽一声说："这些东西林哥平时给我们都没聊过，吕鹏飞，你运气可太好了！"

"我运气一直老好，老师和师兄师姐都老照顾我，林老师讲的东西可有启发，多谢老师了！"

"哈哈，别谢我，应该谢的是你的伯乐——艺洲师姐呢！"

艺洲预感到吕鹏飞一定会说中听的恭维话，提前点头微笑以示谦虚，不想这时徐鑫突然到来，打断了他们的群聊，于是艺洲已经浮上脸颊的半个微笑就蓦然停滞不动，仿佛渡轮在河流中道抛锚。徐鑫满头热气腾腾，好像刚出炉的包子，一望而知是刚刚做完剧烈运动，大家很惊讶，不知徐鑫为何这副尊容。他喘着气说："刚才食堂门口的大海报被风吹掉下来了，我和几个师弟爬到食堂顶上把它重新钉好了。好家伙，出一身的大汗！"

这张海报全长5米开外，是学校有史以来最为壮观的一张巨幅海报，不敢夸口绝后，但至少可称空前。如此重量的海报居然也会遭遇上天的风云，可见但凡想要做好一次活动，遭遇的阻力是多么强劲和不可预测。海报是吴迪找美术系的朋友精心设计的，画面动感瑰丽，造型奇特夸张，面积也史无前例得大，可以想象挂在最醒目的食堂门口是何等冲击人的眼球。吴迪突然起了一个很阴鸷的猜疑，他觉得这么大的海报不应该被冬季的小风震撼，只有人工的手段才可能使它服从重力的法则。他偷偷把这想法告诉了林像枫，林像枫却并不作如是观，觉得就算有小人作梗也不会使出这样下三烂的手腕，吴迪只好不再纠结此事，不过经过食堂门口的时候总要偷偷观察下是否有人在使坏。

　　冬季昼短夜长，下午6点不到，天色已渐趋昏黑黯淡，好似浓墨在宣纸上沾濡。这时正好是下课时间，随着下课铃声响起，无数红男绿女从教学楼里蜂拥而出，仿佛五月天里百花盛开的光景，为寒冷的冬日带来一丝惬意温馨的青春气息。

　　校园里华灯初上，现在到了一天中最热闹的时光。在大学里，最让人激动的时光一般有两段，一前一后，泾渭分明：上午上课铃响急匆匆赶到教室去上课是前段，下午下课铃响兴冲冲奔出教室去狂欢是后段，不过热闹一致，心境全异。吴迪偷空在食堂窥视是否有人暗中搞破坏的时候，却惊喜地发现许多学生围着那张硕大无朋的海报在指指点点，彼此交头接耳，似乎这张海报平时无关痛痒，今天才终于吸引了观众的注意力。他预感今晚大演播厅定会爆棚，兴奋异常，估计所有人都已准备就绪了，就连忙赶往大演播厅去化妆。

　　林像枫正在观众席里闲庭信步，准备迎接领导和同事们的陆续到来。见吴迪匆匆赶来，做了个手势让他马上去化妆间。礼仪组的靓女们早已经在大门口盛装侍立了，每见到一位老师到来，就引领他到特地定制的大签名板前签名，再带至合适的位置就座。

　　贵宾们鱼贯而来，有几位是林像枫特地从别的学校邀请来的老朋友。本系的老师来得既快又勤，一来给林才子捧场，二来也对本校历史上第一次娱乐晚会感到好奇。除了宋允强，刘永和余蓉碧两位副主任都提前到场，令林像枫和吴迪们开心不已，其他如学生处处长、教务处处长、后勤

朗
诵者·
LANG SONG ZHE

处处长、办公室主任、招生办主任、就业办主任、宣传部部长、科研所所长、团委书记，还有表演系、导演系、编导系、新闻传媒系、影视动漫系、美术系等各系正副主任都应邀到来。各部门领导莅临晚会现场证明了林老师目前的影响力，也使得教师专座呈现一片蔚然大观，是本校别的所有晚会都极难见到的壮观景象。

马上7点了，主持人们都已准备就绪，节目组、灯光组、音响组、摄制组、宣传组……都按部就班蓄势待发。林像枫拿起对讲机，正准备通知所有工作人员晚会准时开始的时候，却听到演播厅大门口一片欢腾的掌声和喧闹声：原来，钱校长和磊爷肩并肩——后面紧跟着宋允强——共同莅临晚会了。

林像枫对磊爷的到来没有任何思想准备，一时间错愕得不知如何应对。更让人吃惊的是钱校长居然跟磊爷谈笑风生如约而至，宋允强也如出席播音主持系教学研讨会一般泰然自若，仿佛这台晚会是例行公事，故而习惯性出席以示存在感一般。

虽然林像枫一时不知所措，但毕竟作为本场晚会指导老师，对校长的大驾光临和系主任、第一副主任的"二驾"光临还是要本能地表态，于是林像枫笑成一朵花，跟钱校长、磊爷、宋允强紧紧握手表示热烈欢迎，并亲自将三人送至贵宾席正中就座。宋允强显得分外热情，握住林像枫的手久久不放，口中连说："刚才跟校长、主任一直在开重要会议，校长宣布为了观看林老师的晚会提前休会，所以现在才到，见谅见谅！"林像枫自然感动回应"感谢领导们大力支持"，在不知情的外人眼中，还以为林像枫和宋允强是多么铁的一对哥们儿呢！

不管怎么说，这段意外插曲壮了本场晚会的威，长了主创人员的脸，只是林像枫一直没回过神，猜不出磊爷和宋允强葫芦里到底卖的什么药，也想不明白为什么钱校长之前表态来不了，却在紧要关头来个突然袭击，难道只有这样才能突显一校之长的赫赫威名么？

不过现在没时间考虑这些了，赶紧让晚会开始才是主题。林像枫一看时间已经7点05分了，连忙用对讲机通知后台灯光组晚会开始。倏然间，灯光尽数熄灭，整个大厅里顿时鸦雀无声，黑暗中只依稀见到许多影子悄然弥漫了整个舞台，仿佛轻云蔽月，又似落花飘零，影影绰绰，朦朦胧胧。一会儿工夫，影子全部岿然不动，犹如尘埃落定，又像群鸟归巢。

蓦然，亮光一闪，整个舞台霎时灯火通明，所有人仿佛登泰山看日出一般，眼睛被破云跃出的大金球晃耀得晕眩不已，定睛下来，方见舞台上的十余位美女个个高挑而性感，紧身舞蹈服上的小银片光彩熠熠，人人站定不动，一律背对着观众伸出右手指天，左腿弯成下弦月。

劲爆的音乐骤然响起，美女们仿佛陀螺一般齐齐转身，向着观众抛洒万千妩媚眼神，好似天上闪烁的灼灼群星。整齐划一的舞步，优美圆润的曲线，欢快明朗的笑容，矫健有力的节奏，时而昂首如飞燕，时而俯身似红莲，衬着背景墙上那双莹白的大翅膀，真有翩翩欲飞、腾云驾雾之感。观众席上掌声、欢呼声、喝彩声此起彼伏、前呼后应，仿佛大海上惊涛的轰响，又像青天里白鹤的长鸣。

随着曲终收拨当心划，舞步戛然而止，美女们分成两列队伍——鞠躬退场。在激越高亢的音乐声中，四位主持人齐齐亮相，吴迪与吕鹏飞均身着笔挺的白色西装搭配蓝色领带，孟莉与艺洲则是全身上下一金黄一翠绿，观众席上掌声雷动，与大厅里回旋的激昂乐曲融汇交错，演绎成盛大恢宏的交响乐。

吴迪充满自信地微笑着拿起话筒，顿时浑厚有力的声音好似惊雷掣电，响彻整个演播厅："动感无限，精彩无限，激情无限，欢乐无限！"艺洲紧接着用亮银片般的嗓音一气呵成："这里星光璀璨，这里群芳争艳，这里魅力四射，这里豪情万千！"孟莉顺势接过话头："亲爱的现场观众朋友们、尊敬的老师们、可爱的同学们，还有我们萌萌哒的小朋友们，大家——"四人齐声高喊："晚上好！"吕鹏飞用高八度的洪亮音色纵情呼唤道："××传媒大学首届'传媒希望杯'大型综艺娱乐晚会现在开始！"继而四人再度和声："欢迎大家的到来！"台下掌声热烈似火，经久不息。林像枫心里暗自感叹：现场观众的主流不愧是本系学生，俗话说"打虎亲兄弟，上阵父子兵"，晚会观众也要自家人效果才好，他们的热情是可以感染所有陌生人的！否则明星为啥离不开粉丝呢？所以，作为主办晚会的导演来说，能策划节目只是基本要求，怎样发动观众的参与性才是最大的本事！

言归正传。现在，吴迪用特别热情洋溢的声音，隆重邀请今天晚会最重量级的嘉宾——敬爱的钱校长上台发言。钱校长笑容可掬，满脸春色，缓步走上舞台，接过话筒，用日语向大家问好："みなさん、こんにちは！（大家好！）"观众席上一片啧啧声，人人惊叹不已，没想到钱校长还有这种语言才能！钱校长然后用汉语解释说，自己年轻时在日本留过学，所以日语很流利，那时候中日恢复邦交不久，时光转瞬过了半个世纪，世界形势变化很大，目前的世界是属于你们年轻人的了——"我们学校经过十多年发展，从规模、硬件设施、师资力量、全国影响力等方面现在都已经跃居先进行列，就像《史记》中说的那样：'三年不飞，一飞冲天；三年不鸣，一鸣惊人！'咱们学校的学生人数已经超过两万人！不少外国的大学都到我们学校来考察，认为我们作为民办艺术大学，办出了规模，办出了特色，办出了崭新的模式，所以能来到咱们大学读书的年轻人，是应该对自己当初的选择感到十二万分庆幸的！在我们众多优秀老师的培养和带领下，大家一定能在专业上取得更大的突破，明天一定能成为祖国乃至世界传媒界、影视界的栋梁之材！"

钱校长发言完毕，观众席上的掌声震天动地，好像火山爆发。

台上四位主持人连说"感谢钱校长的精彩发言"，目送尊敬的校长缓步走回嘉宾席落座，才继续下一个环节。依然是吴迪第一个充满自信地报上自己的身份："我是来自播音主持艺术系2010级本科3班的吴迪。"艺洲、孟莉、吕鹏飞紧随着依次亮明身份，然后四位主持人开始介绍今天晚会的内容安排，告诉大家今天别开生面的环节非常多，敬请期待，马上就会有意外惊喜奉献给大家，第一个意外惊喜是——话音未落，灯光霎然而灭，全场漆黑一片。一时间人人惊疑不定，以为是意外停电或跳闸了。正在盘算多久可以来电的时候，观众席后座的追光灯忽然亮了，响亮的声音追随光波接踵而至："朋友们，这是我们送给你们的第一个惊喜！我们从台上穿越到了观众席上，现在我们跟你们在一起了！"大家回头一看——四个主持人两两组合各自在左右过道谈天说地，左边一对儿说："这么别开生面的晚会，不来参加我就要遗憾死了！""对呀，你来了，我来了，我们大家都来了，当然就不用遗憾啦！"右边一对儿说："刚才我在台上主持的时候心里在想——离观众这么远，要能飞下去跟大家在一起就好了！""对呀，我也这么想！结果灯光一暗，我就觉得脚下一轻，拔地而起，飘飘欲仙，结果真的就跟你们在一起啦！"

观众们惊疑不定，追光灯下的四位主持人似乎蒙上了轻纱一般朦胧氤氲，不过看服装、观造型、听声音，不折不扣就是台上四位主持人的化身。忽然，全场灯火通明，台上的四位主持人再度回到观众的视野，孟莉用高分贝的美声唱法大声喊道："朋友们，我们又回来啦！"观众左顾右盼，上眺下观，这才明白被友好地愚弄，情不自禁再度给晚会创意以掌声。不管怎么说，这是几乎所有现场观众第一次见到这样充满新意和匠心的文艺晚会，不用粉丝团花力气表演和造势，人人已经充分融入晚会气氛中了！连钱校长都忍俊不禁，连声道好。磊爷和宋允强呢？正在咬耳朵，不知在说些什么。

这时台上主持人跟台下主持人对上话了。吕鹏飞打趣草莓脸："影子，跟大家打成一片够爽的啊？有啥感受跟大伙分享分享呗?!"

草莓脸除了身高，别的方面很像吕鹏飞，故而吕鹏飞喊他"影子"颇为形象，自然引起观众会心的笑。草莓脸看大家开心得前仰后合，精神加倍焕发，故作俏皮地说："跟大家在一起当然开心，谁叫我天生就长一张充满喜感的脸呢？哈哈！亲爱的朋友们，今天的晚会除了有精彩节目，还有好礼大礼相送，我们这些影子在台下就是为了给你们送上好礼！你只要扫描微信平台……"草莓脸在小鲜肉及两位女搭档的唱和下，把奖项设置及获取方式要言不烦地做了介绍。然后灯光再次变换为追光，这次只照见台上四位主持人，依旧由吴迪打头阵："现在我们的晚会正式开始，这是我们学校第一次大型综艺娱乐晚会，相信接下来的精彩节目不会让每一位观众来宾和朋友失望，就像我们尊敬的林像枫老师撰写的霸气海报语说的那样——'开西南娱乐之先河，领传媒艺术之狂潮！'下面请大家欣赏今天的第一个节目，娱乐小品《新版大话天仙配》，有请演员们登台！"

牛郎和织女、白娘子和许仙、梁山伯和祝英台、西施和范蠡、吕布和貂蝉、李隆基和杨玉环……这些经典爱情故事虽然流传千古，不过在新的时代要让陈旧的故事充满新意，故事才有更长远地流传下去的价值。金俊基在原版《大话天仙配》的基础上，提供了新点子，在剧情上、创意上、语言上都有了新突破。

第一个小品圆满完成，观众的反应好得出人意料，甚至使林像枫起了虎头蛇尾之忧心。比方说如果第二个影视动漫串烧配音节目万一演员口型对不准，或者一紧张忘词，那全场可就整个冻成冰块了，晚会也要前功尽弃了。好在几个担任配音的学生都是自己精挑细选的可塑之才——顺便提一句，自从一封辞职信引发的乾坤倒转后，林像枫开始正大光明教学生配音了，而磊爷也睁只眼闭只眼了——不但没出现失误，反而因为现场有那么多狂热的观众，几个配音员发挥上佳，眉飞色舞，活灵活现，一颦一笑皆有神采，举手投足活力四射。几个影视片段也剪辑得恰到好处：《小时代》里女主人公的歇斯底里、《精灵旅社》中德古拉的多面性情、《疯狂动物城》里树懒的憨态可掬……

不过，在眼看四分钟的配音节目进入最后尾声、大功就要告成、观众的欢呼声也即将达到顶点的时候，意外发生了：不知电脑是中了病毒还是死机了，反正大屏幕上所有人物突然都变成了慢动作，似乎尽数化身为一字一顿、慢条斯理的树懒，让现场观众瞠目结舌，不知所措。林像枫心跳到嗓子眼，吴迪、孟莉等一时爱莫能助，之前一直担心的尴尬场面果然在不经意中降临了，怎么破？导演和主持人都徒唤奈何。

出乎林像枫等意料的是：五个配音者好像冥冥之中用脑电波达成了默契，忽然集体转身面向观众，边手舞足蹈边说俏皮台词，故意将声音提高八度，灯光师这时也灵光突现，打开舞台大灯。结果观众欣赏了前大半段的配音节目，后一小段就跟配音演员们现场友情互动了。似乎不是因为电脑故障导致了晚会险些卡壳，而是导演有意为之以使晚会更加精彩呢。只有少数观众看出了端倪，不过也为演员们机智的救场表现大加赞赏，加倍热烈鼓掌。

林像枫说过一句有名的话，在学生中流传广远："什么是艺术？艺术的特点就是以苦为乐，变废为宝。"不知道是不是这句耳熟能详的名言激发了这几位同学的现场灵感，他们的确点顽石成真金，化腐朽为神奇了！这样惊险的坎都能轻松迈过去，还有什么困难是无法克服的呢？于是主创人员增添了百倍的信心，将节目程序行云流水地继续下去，仿佛满载游客的轮船在不幸撞击了冰山后，以为必定遇上灭顶之灾，不料游轮在最后一刻居然坚持不沉！船员们意外死里逃生，喜从天降，信心满怀将它安全驶回家园。

下面的节目用一句老话形容，可谓是"春兰秋菊，各擅胜场"，不过要逐一描述细节，太烦琐也太流水账，只好"按下不表"。可值一说的是一个颇为感人的小品《离天最近的地方》，或许性急的读者会问："且慢！不是搞的娱乐晚会嘛？怎么会安排悲剧演出呢？风马牛不相及呀！"作者也只好实话实说：这是晚会指导老师林像枫的主意，他的想法是"前面笑一笑，中间闹一闹，后半眼泪抛"，有相守的欢乐，有离别的伤痛，有抉择的烦恼，这才是五味杂陈的生活，举办晚会不就为了原汁原味反映生活的真实面目吗？况且笑得畅快，哭得动情，才使晚会更加精彩，没准还能收到奇兵之效呢！

有没有收到奇兵之效并不重要，但许多观众被感动得热泪盈眶却是实情，而且同样回报演员以热情的掌声。这个故事是这样的——

五个刚刚毕业的年轻大学生渴望到西藏去支教，踌躇满志，壮心盈怀，大家畅想着西藏的生活，无限憧憬，无限希望。这时男主人公的妈妈来了，听说儿子要去西藏，坚决反对，无论儿子如何苦求，身边同学怎样帮腔，就只坚持说两个斩钉截铁的字："不行！"儿子急了，要跟母亲断绝关系，连声追问为什么不让进藏的原因，此时，母亲双眼含泪，嘴角抽搐，沉默半晌，终于缓缓说出一句石破天惊的话："因为……因为你的爸爸，就死在西藏！"

剧情进行到此处，全场静默，只听到观众席上压抑住的抽泣声，林像枫也泪流满面，背过身去偷偷擦眼泪。钱校长看得聚精会神，就连磊爷和宋允强都不再咬耳朵了。

后面的情节是——

母亲拿出一本泛黄的日记，交到儿子手中，然后背转身去任凭涕泪纵横。儿子打开日记本，一页页地轻声诵读，父亲在西藏的每一天生活都在观众眼前展现开来——如何冒着大雪艰难跋涉120公里，去援救一位被困在山里的藏族妇女；身体一天疼似一天，需要输氧才能继续工作；一次次在研制有线电视线路的路途中晕倒；最后，连写日记的力气都没有了……

读完日记，儿子久久一言不发，然后他缓缓走到母亲身后，"扑通"一声给母亲跪下了，四位同学也含着热泪向着母亲一一跪下。儿子流着泪对妈妈说："妈妈，这是我第一次听到爸爸的故事，我终于明白为什么当我第一次听到西藏这个名字的时候，就仿佛有一个声音在召唤着我——来吧，孩子，到这儿来，这儿更需要你！妈妈，你放心，我并没有走远，只是去了一个你望不到的地方，我要托起圣洁的太阳，去膜拜那个离天最近的地方，追寻父亲的脚步，把父亲没有完成的事业进行到底！"

妈妈凝视着儿子的脸，久久，久久……她将儿子的头紧紧埋在怀里，压抑住迸飞的眼泪，以看似使劲的动作用拳头捶打儿子，然后，猛然一把将儿子推开，转身默默地抽噎。儿子深深给母亲鞠了个躬，然后擦干眼泪，五位同学背上背包踏上行程，走到高处回身向着母亲挥手道别："妈妈，再见，你放心，我们一定会平安回来的——"

歌曲《曾经的你》响起，大幕落下，观众席上掌声雷动。这一次的掌声格外长久，以至于吴迪们作为主持人不得不主动打断掌声。一向泪点很高的艺洲也含着热泪动情地说："我觉得，我们系原创的这个励志小品不仅感人，而且袒露了很多同学真实的心迹——他们并不都是在温室里长大的孩子，他们渴望用自己的双手去开拓属于自己的崭新世界，他们的梦想、理想、思想并不是海市蜃楼，他们渴望拥抱蓝天、白云、高原和海洋。也许，他们的梦想和现实差距很大；也许，他们在实现梦想的艰苦过程中被苦难打败，被诱惑俘虏；也许，在真正走向生活的时候逐渐放弃了年少轻狂的梦想……但我相信，一个人只要一辈子真正有过一次执着的追求，他的人生价值就不是一张白纸，因为生命也曾经灿烂而辉煌——"孟莉俏皮地看了艺洲一眼，轻快地接过话头说："就像一辈子真正爱过一场一样！我们的爱也可以飞过千山万水，跨越五湖四海，距离都不是问题，从西藏到北京，从四川到台湾……梦想可以很大，男女朋友也可以遍天下！艺洲，对不对？""嗯……哈哈，从梦想到男女朋友，我可不能跟孟莉姐比，台上台下、台前台后（故意把'后'字发得特别重）都是你的粉丝，我还得加倍努力才行呢！"孟莉的脸泛起一阵轻快的飞红，仿佛黄昏的火烧云。吴迪一看两人开始在大庭广众之下戏谑打趣，赶紧把话题拉回正轨："不管怎么说，我们今天的节目一定没有让所有现场观众失望，对不对？请大家给我们一个响亮的回答：今天的晚会你们喜欢吗？！"

这时徐鑫组织的啦啦队终于迎来用武之地了，一群人张开双臂一阵狂呼，加速感染了本就已经热情高涨的全场观众，大家高声应答："喜欢！

精彩！！太棒了！！！"吴迪借着观众的热情又说："那么接下来又将进入我们晚会的高潮——现场游戏与抽奖环节，希望大家踊跃参与！下面我们先介绍游戏规则……"

赞助单位提供的丰富奖品在其乐融融、欢乐四溢的气氛中一扫而空，晚会终于到收官阶段了。林像枫此前一直绷紧的弦，现在才觉得可以略微松一松，一看表已经9点48分了，晚会进行了将近三个小时！可是人人兴高采烈，毫无倦意，连钱校长、磊爷等领导人们都依旧兴致勃勃，与民同乐。林像枫又是感动又是意外，突然想起磊爷今天不计前嫌给足了面子，在此场合，总要投桃报李才对，赶紧拿对讲通知吴迪在晚会要闭幕的时候邀请磊爷作为系领导上台总结发言。

吴迪曾是磊爷的得意弟子，对磊爷仍然尊敬有加，所以当吴迪用激越嘹亮的声音邀请磊爷上台发言的时候，磊爷心里一时颇为受用，用平时的一贯姿态，高昂着头迈着方步登台。全系学生见掌门人在舞台上昂然兀立，欢呼声霎时震天动地。

磊爷摆摆手拒绝递到嘴边的话筒，再度引发众多学生狂热的掌声，高年级学生知道磊爷又要借此机会显摆气息基本功、共鸣穿透力，内心窃笑，这种情景他们早已习以为常、见惯不惊了，可大一学生必然倾倒不已。磊爷用金刚般威猛的京腔对台下观众演说道：

"今天的晚会很精彩，看得出来同学们在老师的带领下费了很多心，动了很多脑筋，整个晚会很有新意，把同学们的聪明才气和专业素养都表现得很好，我祝贺你们！治大国若烹小鲜，像这样的活动很有意义，很能锻炼大家的动手能力嘛！咱们播音主持艺术系为同学们安排了丰富多彩的课余生活，让同学们在紧张的专业学习之余放松神经，好把更多的精力投入艺术学习中去！优秀播音员是要苦练基本功的，只会油嘴滑舌耍嘴皮子不是真本领，因为这样的声音缺乏艺术的美感。今天台上台下的主持人表现都很不错，形式也很新颖，不过因为个别同学的语言基本功还没跟上，所以影响了在舞台上更丰富更动听的语言表达，希望你们继续加以改进！我相信，在我们系众多优秀老师的栽培和帮助下，同学们一定能在专业上更上一层楼，成为一名优秀的播音员！我曾经听见外校对我们学校尤其是我们系的教学提出过一些别的看法，认为我们太重视字正腔圆的传统播音方式，跟不上潮流，脱离了时代。哼！同学们！我认为不管以后做哪样工作，基本功都是最重要的！喜欢追逐潮流是什么？那是媚俗，不是艺术！干艺术的人不耐得住寂寞怎么行？传统的东西才是真正宝贵的东西嘛！我们老祖宗留下的古老文化现在在全世界都受到追捧，说明了什么？连美国都来争着抢着学习我们的儒家文化呢！同学们，这些现象都说明，传统的才是最美的！所以，希望你们摆正心态，戒骄戒躁，认真上好每一门专业课，打好了语言基础，今后才能飞得更高，看得更远，不辜负世界第一艺术大学学生的身份！"

20分钟后，磊爷的长篇演讲终于戛然而止，因为钱校长——或许也因为忍无可忍——主动举手示意让主持人递话筒给他。草莓脸机灵，三步并作两步把话筒送到钱校长手中，磊爷谈兴正浓，钱校长主动连声呼唤："公孙主任！公孙主任！！打断下，刚才听你说起外校对我们的一些看法，我想了解一下是什么情况？"

磊爷朗声说道："钱校长，个别学校自以为办学时间长，又出了几个当红主持人和演员——其实都是不入流的角色，现在的年轻人就爱跟风，根本没有艺术性可言——于是就对我们学校的教学评头论足，说什么我们跟不上潮流，观念落后保守，我觉得这所学校简直短视到极点！同学们想想，如果我们的教学真的脱离了时代、观念落后，我们学校还能发展成为世界第一的艺术大学吗?！"

全场掌声再次雷动，人人都为自己"世界第一艺术大学"身份自豪不已，钱校长也颇为开心，连连点头。吴迪抓住机会热情地说："感谢公孙主任的精彩发言！我们会更加努力的，不辜负校长、主任还有老师们的期望！再次感谢公孙主任！！"

磊爷昂首下台，这时观众席上有人开始呵欠连连了，不过自始至终无人中途退场，也算是创造了本校历史上的奇迹。在音乐声中，台下四位主持人上台与台上主持人联袂说闭幕词，并向观众预告明年的第二届晚会必将更加精彩，然后齐齐挥手道别，紧凑明快又不失从容得体。演播厅里余音袅袅，白色大翅膀银光剔透，恰似百鸟朝凤的景象。一片热闹欢快气氛中，观众次第踏着月光散去，人人脸上兴高采烈、热情不减。然后是嘉宾上台与主持人、演员合影留念，欢送院系领导及众嘉宾，收拾舞台，搬运道具……这些所有晚会的例行程序。吴迪一身大汗，依旧主动带着师弟师妹们忙得不亦乐乎，林像枫看着心疼，大家一起动手，很快就将整个凌乱不堪的演播厅收拾得整齐划一。

出了大门一看时间，已经快12点了，林像枫觉得倦意这时铺天盖地而来，简直撑不住眼皮的重量了。孟莉和艺洲却还兴高采烈，提议去吃夜宵，因为几乎所有主要工作人员——指导老师、导演、主持人、若干演员——都没赶得及吃晚饭，大家都还饿着肚子呢。林像枫心想大家又饿又累，自己怎能独自去约会周公呢，于是大家一起去吃烧烤。

两杯啤酒下肚，所有人都来了精神，全然不顾明天还要上课，你一言我一语对今晚大家的表现点评开了：有的说主持人都很棒，不像磊爷评价的那样语言基本功有问题；有的说场外主持人跟场内主持人表现半斤八两，后生可畏；有人说今晚的小品的反串角色特别出彩，让人笑掉大牙；有的说几个配音演员今天化险为夷，有如神助，使晚会锦上添花；还有的说磊爷的最后发言中所提到的那所学校，其实确实培养出了许多优秀主持人和演员，是我们学校的有力竞争对手……

艺洲收到一个微信，是谢秉林发来的，代表其他几个宝岛帅哥祝贺林老师指导的首届综艺娱乐晚会大获成功。大家在开心兴奋之余，又跟艺洲打趣开了。

吕鹏飞说："艺洲姐，你的朋友老多了，简直遍天下！宝岛台湾都有帅哥跟你那么熟！"

孟莉说："你们艺洲姐才貌双全，帅哥朋友当然多！我们在福建参加海峡两岸主持人大赛的时候，台湾帅哥成天围着艺洲转呢，我们只好躲开，免得当电灯泡。"

"得了孟莉姐，别老打趣我了！你那可不是躲开我不当电灯泡啊，你是要跟徐鑫哥去过二人世界，嫌我们碍眼呢！"

吴迪每次都当和事佬，单身汉本能上总不愿老听到卿卿我我这种话题："你们俩能不能每次一扎堆儿就斗嘴啊？你们可好，今天在台上都拿彼此开涮起来了！我当时汗都吓出来了，怕你俩收不住场，还好两位名主持应变力强，没有让台下看出来你们俩互相在逗乐，要不然晚会怎么进行下去？"

"确实我当时一开心，就想跟艺洲开个玩笑，没想到艺洲反应那么快，差点让我接不上茬儿，好在有吴大主持你救场——"孟莉坦诚地说，"对了，林老师，今天最后那首诗朗诵你觉得怎么样？"

孟莉说的诗朗诵是指晚会的压轴节目，一首原创诗歌——《那些年，我们在传媒大学的日子》，由20人集体朗诵。这个节目之前被林像枫否定过，不过吴迪、孟莉坚持要保留，大家还为此争辩了一番，终于林像枫拗不过弟子们的执着，同意保留了。林像枫反对的理由是：朗诵节目太一板一眼，在综艺娱乐晚会上有些不伦不类，形式也太老套，担心观众不喜欢；吴迪们保留的理由是：作为播音主持系，朗诵节目是最能表现语言专业性的节目，如果删掉了也就失去了播音主持系的特色，如果嫌形式老套，可以开动脑筋大胆创新，但删掉是万万不可的。因为有过此前的这番争论，所以孟莉借机发此一问。

林像枫笑笑说："策划只问结果不看过程，行动只看过程不问结果，所以还是过程最重要呢。其实你们真以为我不想上朗诵节目呀？作为语言工作者，谁会对朗诵没有一份厚重的情结呢？只是作为晚会的策划者，我当时只关心结果而不关心过程；你们是行动者，对结果不用顾虑那么多，反而能无心插柳柳成荫了。这个节目其实很接地气啊，讲述的全是咱们师生在大学里的生活、学习还有工作，很能引发大家的共鸣，形式也很好，演员的上场和灯光、音乐有机配合，20个人有分工、有组合，合作得有条不紊，一看就知道是吴迪团长的大手笔——"吴迪插嘴说："灯光是徐鑫设计的，音乐是孟莉选的，剪辑也是她。""哈哈，那就是你们集体合作的结果，吴迪算是总揽其成吧！对了，这首诗不像是原创，是改编的对吧？"

"是根据齐越朗诵节的一首诗改编的，不过已经改得都像我们自己的原创了！"孟莉颇为自豪地说。

"难怪我觉得似曾相识，但是又一时想不起在哪儿见过……哈哈哈哈哈！你们把地名、人名、学校名全部按咱们学校的特征进行了改造，把最新潮、最流行的网络语言也运用得得心应手，这也算是改编诗歌的高境界啦！所以，这首朗诵诗既给咱们晚会锦上添花，又展示了咱们系的语言专业能力，确实是一举两得！对了，说起齐越朗诵节，下学期又要开始比赛了，这次你们好好提前准备作品，咱们一起认真练习，要力争能再次榜上有名！毕竟今年吴迪让咱们学校，当然更让西南地区的艺术院校实现了零的突破，明年的齐越朗诵节咱们还得继续努力，才有可能再次保持甚至打破今年的纪录呢！"

孟莉说："上次比赛我第一轮就被淘汰，心里难受死了。"徐鑫这时插嘴说："林老师你不知道，她在寝室哭了好几天，说辜负了你对她的期望呢""徐鑫你别多嘴！林老师，本来我是想好好准备准备，希望能像吴迪一样杀入决赛，可没想到准备得挺认真，却刚开始比赛就稀里糊涂被淘汰了。说实话，我现在都不知道问题出在哪儿！真的自己的专业就那么弱吗？"

林像枫说："参加像齐越节这样能代表全国大学生最高水平的朗诵比赛，专业能力的确要过硬，毕竟这个比赛荟萃了各路精英华山论剑，没有真功夫的话，三招两式就会被打落马下的。不过专业水准只是硬币的一面，偶然因素往往更是决定因素。以前我也没揣摩过这个比赛的特点，觉得只要基本功过硬，稿件选得好就一定能取得不错的成绩，结果吴迪参加这个比赛的获奖过程给了我很多思考和启发。我发现齐越朗诵节首先对男生比较看重，而且偏爱嗓音浑厚的男声，你和徐鑫首先这方面就比较吃亏——"吴迪打趣说："也就是说我占了音色的便宜，其实朗诵得并不好""哈哈，有自知之明。其次呢，齐越节喜欢原创，尤其是有特色、改编自文学作品的原创，这点我们都没做到。还有一点，朗诵水平要达到较高的高度，光是刻苦训练基本功是远远不够的。虽然磊爷今天一再强调基本功有多么重要，其实对于真有基本功的人而言，基本功已经不那么重要了，更重要的是生活阅历和生存体验，要知道感同身受才是真境界，一味纸上谈兵有什么用呢？"

艺洲好奇地问："林老师，明年我们也要参加齐越朗诵节吧？你说的生活阅历、生存体验是什么个意思呀？我的小智商有点转不过弯……"

"呵呵，艺洲真逗，我想想怎么说明这些抽象的问题。嗯——打个比方说，齐越节某种程度上有点像诺贝尔文学奖，你们都知道我们中国唯一获得过诺贝尔文学奖的作家是莫言，可你们想过没有，为什么中国优秀作家那么多，只有莫言能拿到诺贝尔奖呢？难道莫言就比余华、王安忆、铁凝、史铁生、贾平凹等优秀作家们强得多吗？如果说名气和影响，当年鲁迅、茅盾、老舍、沈从文、巴金、萧红、张爱玲……可都是名声比莫言更加响当当的大作家呢，却都没有拿到过诺贝尔文学奖，你们想想是为啥？"

吴迪、孟莉、艺洲、徐鑫等面面相觑，大家从来没有考虑过这种问题，一时如坠五里云中。吕鹏飞斗胆问道："林老师，我喜欢看沈从文的《边城》，写得特别美！我也看过莫言的作品，觉得文笔也说不上特别漂亮，所以我实在不明白为什么他能获得全世界最牛的文学奖？"

艺洲，还有草莓脸也频频点头，显然他俩都读过莫言的小说。大家饶有兴味听林老师继续娓娓道来，全然忘记了现在已是月上中天的子夜时分。

"是啊，当时这个问题也困扰了我好久，苦思冥想了半天，还是不明所以，结果有天偶然跟一位文学界的前辈聊天——这是我特别尊敬、有真才实学的一位前辈——就这个问题向他求教，他的解答是：因为莫言的作品有悲天悯人的大情怀，能够站在历史的高度和世界的广度审视人类的苦难。我当时并没有听懂前辈的意思，于是追问道：那鲁迅他们就没有悲天悯人的大情怀，就没有高度和广度吗？他犹豫了一下说，时代使然吧，鲁迅那个年代人人都有这种情怀和境界，而今天的中国文学界，唯独莫言一人全部拥有……我于是理解到了至少一点：当思想境界达到了别人达不到的高度时，文字美不美已经不那么重要了。"

大家静静聆听，若有所思。吕鹏飞沉吟一会问道："林老师，您说的这些很有启发也很有趣，拓展了我们的视野，丰富了我们的知识，不过我很愚钝，还是没整明白，这个例子和我们朗诵作品有什么关联呢？"

艺洲说："吕鹏飞，怎么还没懂？师父刚才不是说了嘛，对于朗诵这种文学作品的二度创作来说，普通话字音、气息基本功、情绪、理解力等已经不那么重要了，生活阅历和生存体验才是更重要的呢！就像莫言有那种悲天悯人的情怀，写出来的东西才会惊心动魄或者刻骨铭心，否则就像白开水一样经不起咀嚼！"

吕鹏飞恍然大悟。林像枫大笑说："艺洲的语言感受力的确很强，能说出这么一番大道理。各位，明年的齐越朗诵节还有别的朗诵大赛你们要继续报名参加，使自己随时保持旺盛的竞技状态，干我们这行的必须一直有这样的状态，要不然在竞争激烈的语言岗位上就像玻璃一样经不起碰撞呢！大学期间参加这种跟专业联系紧密的比赛越多越有意义，因为你永远都会有艺术创作的冲动，每一天都觉得精神抖擞，有信心去迎接一切竞争，即使失败了还可以卷土重来嘛！"

"可惜明年我要毕业了，没有机会再参加这样的比赛了，不过林老师，上次齐越节拿到了三等奖是我终生都难以忘怀的美好回忆……"吴迪眼睛湿润了。

孟莉爽朗地说："好了吴迪，别伤感了，你这么伤感都要把我的眼泪带出来了！天下没有不散的筵席，我们都要毕业了，不过只要我们坚持梦想，不忘初心，就是对林老师最好的报答。再说了，你不是打算北漂吗？我们可以继续在北京相约呀！"

徐鑫笑道："大家还是先在台北相约吧！"

孟莉一怔，随即大笑，说："对呀！先在台北聚，马上要放寒假了耶！这可是我们的最后一个寒假了！艺洲，台湾帅哥们怎么跟你说的呀？按原定计划不变吗？"

"谢秉林刚才微信里特地说了，欢迎我们结伴去台北玩儿，他全程做东，问我们多久可以行动，我正打算给你们说这事呢，你就问我了！"

"嘿嘿，我就猜到他发出邀请了，因为你刚才脸都红了！哈哈！"

"你又拿我打趣！现在是在台下，我可不怕你，吴师兄这次可帮不了你啦！"

"好吧好吧，不逗你玩了，明天还要上课呢，咱们赶紧约定一下行程，林老师去不去呀？"

"我吗？当然想去了！可惜寒假一般都要跑几个地方去招生，我已经好多年没有度过一个完整的寒假了，每年都被外出招生把好端端的假期切割得支离破碎的。当然现在早就习惯了，就当是公费旅游喽！你们应该去好好玩玩，一来老友重逢，二来也可以跟着他们看看台湾地区那边电视台是怎么办晚会、做节目的。"

"嗯，我们也这么想——艺洲，那就一言为定！老吴，咱们四个一起去，没问题吧？"

"当然没问题！以后想去还不一定有机会了呢！你们商量好时间，通知我就行！对了，林老师，圣诞节那场朗诵会我们现在该着手准备了吧？"

"哦，不急，我明天先跟方芳联系下，看我们需要做哪些准备，这不也到期末了嘛，你们除了准备期末考试，别的应该没啥特别忙的事了，对吧？咱们今晚刚刚在校内火了一把，也算是功夫不负有心人，改天我们依然要争取把这种热情延续到电台的专业诗歌朗诵会上去！现在几点了？啊，3点过了！那今晚就到这儿，咱们赶紧回去休息，明天还要上课呢！"

林像枫起身去结账，弟子们哪里会让他破费，左一个右一个把他拦住，徐鑫说："林老师你结啥账啊，我们有会餐费的！这次的晚会那么成功，赞助的店家高兴得巴不得我们天天来吃呢！"

跟半个月前几人会餐的那个晚上一样，天上的一轮明月今夜圆得特别可爱，好像含着无限开心的笑。林像枫回到寝室还在感慨：今夜的时光就像梦一样，之前牵肠挂肚那么久的一场晚会，付出了多少心血、多少精力，结果一整天的时光就像腾云驾雾般飞到脑后去了，一切都很成功，都很圆满，可以想象这一周之内学校师生谈论的主要话题就是这场综艺娱乐晚会了！不过树大招风，受人关注焉知是福是祸呢？算了，管他呢，先洗洗睡吧！

不出林像枫意料的是，这次的综艺娱乐晚会在全校果然反响热烈；出乎林像枫意料的是，这次晚会在全校的反响比他预想的还要热烈得多。微信、微博、贴吧、人人网上晚会的消息被无数次刷屏，外校的学生纷纷好奇地跑来打听晚会的情况，看了视频后惊讶地说这是他们在大学里看到的最精彩、最有创意、最使人难忘的晚会，没有之一……于是吴迪、孟莉、艺洲们乐得做梦都要笑醒，觉得大学四年生涯有此一搏，就算是没有白读一场了。经过了那么长时间的辛劳，才收获今日的短暂成功，心灵和身体经受了炼狱的煎熬，方可以凤凰涅槃呢。

接下来的几天时间，林像枫都是在恍兮惚兮、优哉游哉的状态中度过的。不知为何，这种恍惚优游的状态像极了童年时代关于故乡的某些记忆：云雾弥漫的山谷里开满了黄色小野花，江声浩荡传到无穷的远方，麦浪在春天的微风下轻轻起伏，脚步在长长的石板路上敲出空荡的回声……他一时间热泪盈眶，一时间又若有所失，这种忘我的境界已经有许多年没有感受过了，此时此地却再次出现，仿佛在水上漂游的浮沤。

（十六）

说好给方芳打电话的事，因为全心全意导演综艺娱乐晚会，林像枫早抛到脑后去了。结果第三天方芳主动给他电话，他才想起来还有一场诗歌朗诵晚会在期待传媒好声音。

"哎，老朋友怎么不跟我联系呀？说好的原创诗歌朗诵晚会呢？"电话那头方芳佯装嗔怒。

"哈哈，这两天特忙，刚忙完，正准备跟你联系呢！"

"知道你当老师的期末事多，你上次说你要搞娱乐晚会，晚会完了吧？搞得怎样？一定很成功吧?!"

"托你方大美女的福，效果的确还不错……"林像枫开心地和老搭档分享了自己的快乐和得意。

方芳闻言笑道："那还用说？你的才气我一直都很欣赏啊，只是在广播电台没有太多可以发挥的机会，现在好了，终于走向更加广阔的世界，恭喜恭喜啊！只是，你的性格容易得罪人，太直太没心眼，在艺术圈混容易吃亏，凡事得多长几个心眼才好！"

"谢谢，还是老朋友最知心！其实我预感这个小小的成功带给我更多的只会是烦恼，不过还是蛮开心的，毕竟好久没这么拼过了！"

"哈哈，你一直都很拼，而且拼得很有成果——如果不从物质的角度而是从精神的角度去判断的话。不管怎么说，能给自己留下美好的记忆就好！还是说说咱们的朗诵晚会吧！你有这么多丰富的舞台经验了，这次晚会肯定会大放异彩的，我很期待哟！"

"老搭档过奖了，不过我还是会拼的，一定不让你失望，哈哈！那你是先把诗人们的大作发给我让我们准备一下，还是等全部安排好了再通知我们？"

"我就要跟你说这事呢！作品内容、顺序等都准备好了，也许最后会有微调，但大体上不会怎么变了，好多本土著名诗人都要出席，等于是文学界的大咖们倾巢出动了。台里特别重视这个活动，毕竟跟诗人们大规模全方位的合作这还是第一次，搞得好以后合作机会就多，对于咱们电台也是绝好的宣传机会，如果搞砸了也许就很难有下一次合作了，所以我们台

朗诵者·
LANG SONG ZHE

长每天都紧张得睡不好觉，今天中午还黑着眼圈给我们开会呢！"

"你说的是杜台长吧？哈哈，怎么他也有睡不着觉的时候吗？"

"好了吧你，讨厌呢！过去的恩怨就一笔勾销吧，年龄长了几岁怎么性格还那么小孩儿啊?!"

"哈哈，我开玩笑呢，离开那么久了谁还去记过去的事啊！再说杜台对我是有帮助的，至少让我明白了一点，就是做我们这行需要付出很多的心血和劳动，还要付出很多的心机，更要明白机会来之不易！他在他的位置上有他的难处，咱也理解。"

"你能这么想我就太高兴了！那我先把稿子全部发给你，你给你的弟子们分配一下，按你的想法排练排练。你上次带来的弟子我觉得都挺不错的，特别是那个姓张的小姑娘和那个姓吴的小帅哥，真是名师出高徒啊，哈哈！"

"方芳，你又洗刷我了，什么名师出高徒啊，徒儿们有机会向你求教，那才是三生有幸呢！再说如果不是你给我们机会，他们的一点小才能又怎么发挥呢？这次又给我们登台朗诵大咖们作品的机会，你才是我们的命中贵人呢！"

"好了好了，别贫了你！那我等下就把稿子全部发到你邮箱里，你先看一下哪几篇单人朗诵比较好，哪几篇适合男女声合作。诗人们说尊重我们朗诵者的意见，听凭我们自己安排。台里的主持人朗诵的稿子我们已经做了分工，发给你的稿子就由你全权负责好了。对了，知道杜台怎么说吗？他说：'林像枫现在在传媒大学当播音老师，真想不到啊！其实他是有潜力的，我当年挺看好他，现在当了老师水平应该更高了，那就把稿子发给他让他自由处理吧！'你看像枫，杜台确实有他的好处，当年对待你的问题上是有他的毛病，但就像你说的，他也有他的难处。"

"真的吗？杜台这么相信我？"

"如果不相信你，能把分配稿子、排练这样重要的事情让你这个现在的外人来自行负责吗？"

"谢谢方芳，这次晚会结束后我一定要当面向杜台说声谢谢，希望有朝一日能再次在电台献声。那你就把稿子发我邮箱吧，我尽快开始排练，还有一周就要登场亮相啦，可不能丢你这个伯乐的脸！"

"我当然相信你！那等下我就给你发过来，你注意接收啊！"

令林像枫吃惊的是：方芳发来的稿件有厚厚一摞，长的、短的、明白晓畅的、朦胧晦涩的、雅致精简的、俚俗不堪的……应有尽有，一时令人目不暇接。几位蜀地最著名诗人——鲁迅文学奖的获得者、人民文学奖的拥有者、全国诗歌大奖的胜利者——的作品都在其中，仿佛百川归海。这些作品有一个共同的特色：朦胧，或者文雅点说叫作蕴藉。朗诵者们朗诵惯了通俗易懂、气势昂扬、情节紧凑的诗篇，突然要适应诗人们用特殊笔法和语言创作的雅颂之什，必然会有隔阂感或者拗口味，所以能够在舞台上滔滔不绝诵读经典作品的艺术家，碰到诗人们的原创作品也常常会颇感违和。首先要理解诗歌的原意和诗人的创作意图就需要大费周章，更何况作品中蕴含很多跳跃性的思维、超常规的文字组合、匪夷所思的修辞手法，让人有进入古希腊神话中的克里特迷宫而无所适从之感。在林像枫看来，能够表达出诗人的激情已是不易，要想二次创作道出言外之意、弦外之音，那简直就是天方夜谭！既然如此，举办这样的原创诗歌朗诵会意义能有多大呢？林像枫一时颇感困惑。

说来也有意思，中国的新诗经过百年发展，应该早已进入了成熟到极致的阶段。古人有言："熟能生巧。"可惜新诗的"熟"并非熟练到得心应手的"熟"，而是水果的烂熟，也就是熟透了快到腐烂阶段的"熟"。结果现在的新诗跟百年前比，晦涩、拗口、怪异、浅薄，尤其是"羊羔体""梨花体""咆哮体"等的出现，彻底毁掉了普通读者诗歌审美的三观。林像枫自己就深有体会，当年在文艺青年阶段，何等爱好吟咏新诗——"轻轻的我走了，正如我轻轻的来""细雨霏霏，不是我的泪，窗外萧萧落木""与其在悬崖上展览千年，不如在爱人肩头痛哭一晚""你是爱，是暖，是希望，你是人间的四月天""只有影子懂得，只有风能体会，只有叹息惊起的彩蝶，还在心花中纷飞""像秋浦上的黄云，你单衣伫立，沉思着，向了一地斜阳"……这些诗句才称得上意境优美、音韵谐畅、一唱三叹、百读不厌，从古典文学的意境中剥离出新鲜的韵味，从简练空灵的文字里抽条出翠绿的枝叶，用现代语言架起了格律诗词与自由新诗快意通行的时空桥梁。可是现在充斥于网络和公众号的许多新诗呢？无心长篇大论对它们进行详尽剖析了，只能一言以蔽之：很多都无法卒读也。

朗诵者·
LANG SONG ZHE

林像枫本人喜欢写作古典诗词，大概也因为对新诗——当代的新诗——不感冒的缘故。这个世界本是众口难调的：有人嗜痂成癖，自然也有人闻芹作呕；你喜欢"苍蝇似的思想，垃圾桶里爬"（闻一多诗句），我却爱"急逝的云彩，血红的花瓣，在春天或者在梦里"（里尔克诗句）。不过令人意外和奇怪的是：新诗可以美得战栗，也可以丑到恶心；而古典诗哪怕再俚俗，也不过是"黄狗身上白，白狗身上肿"，不会使人反胃，但美起来却可以登峰造极、如梦似幻："水仙欲上鲤鱼去，一夜芙蓉红泪多"，或者"人似秋鸿来有信，事如春梦了无痕"。至于词曲里的优美句子就更多如牛毛了，简直不胜枚举。

也许，中国文字的方块字体只有通过格律诗词的形式来表现，才能比较自如地创造出对称美、排比美、并提美、韵律美……而风格过于随意的现代诗大多数时候对此束手无策，只能望洋兴叹。刚开始，具有丰厚古典文化底蕴的诗人——徐志摩、闻一多、朱湘等——还往往能在长短、段落与节奏匀称的新诗里吟哦出唐诗宋词的韵味，到后来，"朦胧诗派"的几位大佬——北岛、舒婷、顾城，以及台湾地区的名家如纪弦、余光中、席慕蓉等——也都善于化用古诗词的意境与辞采编织裁剪成新诗绚烂的晚霞。不过到这时，新诗已进入回光返照的最后辉煌阶段了。因为后起的诗人很少有上述名家这样深厚的古典文化熏陶和积累，于是新诗的辉煌时代并不因为名字上多了个"新"字就可以永葆灿烂，反而在自由经济的冲击和文艺思潮的嬗变下日益走向没落和衰颓。为了给过气颓靡的新诗界营造活力，原创诗歌朗诵会就蔚然兴起了，借助现代科技的声、光、电效果，使诗歌的传播可以无远弗届，上达天庭。尽管外界有时批评这种形式作秀的成分多、文学的含量少，可毕竟聊胜于无。何况这种诗歌朗诵会给有声语言工作者——如林像枫等——开启了一扇展示语言艺术功底的大门，总算也功不可没呀！

在这样一种尴尬的局面下，诗歌朗诵会似乎有些先天不足之症。譬如林像枫的上述困惑就是对这种不足症的正常生理反应，好比感冒会引发肺炎，中暑能造成痢疾。不过作为语言工作者，有一点他既深有体会也早已适应了，那就是：与时俱进——或者通俗点说，叫作"摸着石头过河"。任何语言面貌，不去尝试，不去参与，一味质疑乃至泼冷水，甚至主动扮演绎脚石，那是无论如何也逃脱不了被时代淘汰的命运的。磊爷不就算是这类人的典型代表么？

如同对待所有语言类专业活动的态度一样，林像枫对这次的朗诵活动也是全情投入，一丝不苟。要知道这次的活动毕竟是林像枫当大学老师以来，第一次带领学生在社会公众面前以朗诵的形式集体亮相，所以很想借助综艺娱乐晚会取得轰动效应的东风，使高雅的朗诵艺术从逼仄的象牙之塔走向广阔的大千世界。虽然他心里明知这种朗诵会曲高和寡，却并不因此而有所懈怠。

不止林像枫，吴迪等参与人员的热情度都很高，人人都有翻过一山再攀高峰的新鲜感。虽然觉得有些心力交瘁，但一想到机会难得，所有人都打起精神准备迎接这个学期最后的一场拼搏。吴迪、孟莉还有徐鑫，以及朗诵团里几个大三的学生更是摩拳擦掌，下学期他们就要参加实习，学习生涯可就此画上句号了！

大家的热情驱散了冬日的冷风。每天清晨的人工湖边、黄昏的校园角落都能听到师徒们朗朗的弦诵之声，引得过往行人频频驻足观望。为了能够一鸣惊人，林像枫在人员的分工合作上、诗篇的段落划分上都花了大力气，边排练边调整，不厌其烦地试验各种声音的组合方式，配乐也精挑细选，还特地让吴迪亲自担任剪辑。这样经过一周的切磋琢磨，人人身着崭新的舞雩春衣，精神抖擞亮相新年诗会了。

换岁之夜，满布繁星的天空中，一弯皎洁的明月，像一个迷人的女郎射出狡黠的目光，用小手指把所有人撩拨得意乱情迷。尽管大地寒意袭人，青年男女们仍然兴冲冲出门来共同欢度这个不眠之夜。

与此同时，一群追求艺术的人，或者说因为写作和表达于是机缘巧合凑在一起的人，正在舞台上把自己的热情和才华尽数宣泄——"蜀韵天籁"大型原创诗歌朗诵晚会在金熊猫大剧场进行得如火如荼，方芳和雨峰两位男女主持人把朗诵晚会主持得有声有色、妙趣横生。林像枫又佩服又遗憾，既为自己不能跟老搭档方芳再次合作而遗憾，也惊叹多年不见，方芳的现场把控能力达到了新高度，对任何突发状况都能应付自如，而且还不失从容大气，颇有杨澜的风范呢。再说雨峰，当年并未曾入林老师法眼，现在也早已脱胎换骨、羽化为蝶了。林像枫一时深感丧气失落，自觉脱离一线多年，已经不适合在主持岗位上纵横捭阖了，还是通过朗诵来展示自己的风采吧。

令林像枫和吴迪们始料不及的是，所有原创诗歌均由主办方统一安排配乐，无法更改，这样大家为了这次朗诵晚会苦心孤诣剪辑设计好的音乐可就全部要化为浮云了！林像枫找主办方协商，对方做了一个无可奈何的手势，歉意地说，所有音乐都已经排好顺序输入电脑存档了，如果要改动，牵一发而动全身，整个晚会就要全乱套了。林像枫只好悻悻而返，心说出师不利，这下安排的节奏全被打乱了，万一学生们找不到感觉可咋办？诗人们对文字创作是内行，对声音创作却是外行，这么重要的朗诵晚会，居然一不给安排彩排，二不给衔接音乐。事已至此，唉，只好死马当活马医了！

好在因为未雨绸缪、有备无患，弟子们初生牛犊不畏虎，并未受到音乐节奏被打乱的影响，朝气蓬勃地合诵了郭沫若的经典名作《凤凰涅槃》。因为容颜都是小鲜肉，唤起了不少诗人们的青春记忆，结果效果出奇的好，以至于自信朗诵功底深厚的林像枫上台时，获得的掌声反而不及弟子们热烈了。

考虑到林像枫的身份和功力，主办方特意为他安排了一首戴望舒的名作《我用残损的手掌》作为个人开场秀，林像枫确实也把这首诗诠释演绎得声情并茂、余音绕梁，可是掌声却寥寥，或许这就是所谓艺术与现实的差距吧？

不过好戏在后头。当诗人们的原创作品在舞台上一一被朗声吟诵时，师生们的精彩表现就惊艳全场、可圈可点了：新任作协主席的《天府组诗》系列，浓缩了巍巍九万里、悠悠三千年，滞重晦涩同明快鲜活自由搭配，恢宏大气与精致小巧有机组合，在师生六人饱含浓情的吟诵声中，这组诗篇像一幅完整的连续长画卷，将天府之国的绮丽风貌如幻灯片一般渐次展现在每个来宾眼前，观众掌声热烈，情绪激昂，不知是被史诗的深广和宏大所感动，还是对朗诵者动听的声音入迷，连主席本人那饱经风霜、不动声色的眼睛里都似乎闪烁着泪光……林像枫觉得，自己好久没有在舞台上体会过这种酣畅淋漓、令人战栗的感觉了，这感觉好似骏马在山间肆意飞奔，又仿佛雄鹰在云中自由翱翔——欢快，激昂，矫捷，癫狂，含三分剑气，吐七分月光……也许笔墨或辞藻都无法形容和表达这种动人心魄的力量，要借助音波，借助乐声，借助各种自然界的天籁，方可尽传其精神，于是今日在聚光灯的照射下，文字在声音面前就俯首甘为舆台皂隶了。

诗人们自己也参加朗诵，大多数用椒盐味的普通话，有的诗人干脆就用家乡方言朗诵，

虽然音色并不动听，但十足的乡音却可以把天府之国的地域特点表达得原汁原味。可惜他们毕竟不是语言工作者，在情感的处理上、眼神的交流上、气息的控制上跟专业朗诵者确实无法相提并论，因此台下的掌声以礼节性的居多。不过这种情况也无足怪哉，钱钟书不是说过吗，"如果你觉得鸡蛋味道不错，干吗一定要认得那只下蛋的母鸡呢？"诗人们写出好作品，朗诵者们用有声语言进行二度创作，各司其职，分工明确，尸祝不必越俎代庖，越人自可断发文身。当然好诗人完全可能是好的朗诵家，优秀语言工作者也不妨写出辞采华茂的好诗，语言与文字本身并无轩轾与沟壑，不过大多数情况下一般人难以两全其美，毕竟行业有别，规律各异，穷尽一生精力能在某一行业出类拔萃已属不易，要想梅开二度除非天赋超群，或者运气上佳，抑或命中贵人相助，否则必定会发出"良辰美景奈何天，赏心乐事谁家院"之叹矣！除非时光倒转，回到文艺复兴时代，譬如莎士比亚、莫里哀既是戏剧创作大师，又是舞台上优秀男主角，但那是文艺的黄金年华，方可出产这样的文化全才、文学巨子，而我们当今这个时代，人们关注的中心是什么呢？

闲话休提。且说诗人们的客串朗诵虽然并不精彩，不过赫赫有名的天府大学中文系教授唐梦元的朗诵却在林像枫们之后引起了另一个小高潮：蜀地唯一鲁迅诗歌奖获得者的新作——好几百行的长诗名唤《草堂记忆》，唐教授居然可以全文脱稿朗诵，令人叹赏不止、佩服不已。林像枫一向以博闻强记、见多识广自诩，今日在唐教授面前，简直自惭不敢望其项背，仿佛《三国演义》里徐庶自称与诸葛亮相比"譬犹驽马并麒麟，寒鸦配鸾凤耳"。其实唐教授过目不忘的能力从来名闻遐迩，只是林像枫长年隐居象牙塔中不知道罢了，今日得见，方才惊为天人。不过尺有所短，寸有所长，林像枫倒大可不必妄自菲薄，何况这是一种特殊的缘分也说不定呢！

电视台、广播电台、报社、网络新媒体的记者对这次盛况空前的朗诵会关注甚殷，毕竟本土诗人们呕心沥血创造的宏丽诗篇第一次在天府之国的舞台上这样集中演绎，文学大咖们又倾巢出动极一时之盛，本土电波里的名嘴也当仁不让奉献无比美妙的天籁之音……这般壮观的景象又能有几回呢？

对于林像枫来说，睽离舞台和话筒好多年了，觉得社会和人群都变得格外陌生，今天在舞台上又重新拾回了昔日的信心，不用说内心自是激动不已。比起艺洲们在主持大赛上拿到大奖，以及第一次校园综艺娱乐晚会的空前成功，他今日的幸福之感格外鲜明，这颗心此时跳得那样有力和蓬勃，就像春天阳光下饱含汁液的嫩芽在拼命萌发一样。在舞台上接受观众的掌声、欢笑和注视，作为从事艺术创作的朗诵者来说，绝对是人生中最大的幸福和欢乐。他觉得自己重新变得年轻，是那种充满自信的年轻、无所畏惧的年轻，阳光每一天都会准确无误照亮世界的年轻——他突然有一种预感：应该做点什么更有意义的事情，比如说把朗诵活动在社会上发扬光大，使更多的人喜欢、热爱、参与，不能老关在郊外的校园里自娱自乐或者大搞窝里斗，也不该再被人捉弄、折腾、戏谑……可是，应该做点什么呢？他一时还不能顿悟。

朗诵晚会结束，新闻媒体对作协主席进行个人专访，请他代表今天所有艺术家对这次规模空前的晚会发表评论。主席略一思索，然后用低沉缓慢的重庆口音娓娓而谈，大意是这种将文学作品搬上舞台用朗诵形式进行的二度创作并不少见，不能算是开先河的创举。尤其进入新时代以来，声音媒介传播方式日趋多元化，读者阅读纸质媒体的比率下降，诗歌创作经历了很长时间的低迷后，在提倡"全民阅读"的大背景下，目前又有抬头之势，不过要恢复到当年全民爱诗的盛况还是很难的，因为当今的多元娱乐和快餐文化已经不可避免地成了人们精神生活的主流了。今天借助各位朗诵艺术家美声的传播，可以对提高文学作品的全民关注度助上一臂之力，毕竟现在的舞美设计、舞台造型、音响设备等跟20年前相比早就不可同日而语了，这种大型朗诵活动也算是传统文化的一种回归吧。但不管怎么说，这种艺术手法还是更适合小众群体的欣赏，今天现场的观众虽然热情度很高，却大多数是同道中人，不是自发前来欣赏的普通老百姓。这也就是说，还需要文学艺术界联合起来，在作品的内容、朗诵的形式、活动的策划设计上多下功夫、整合资源，才有可能化被动为主动，吸引更多的普通观众前来欣赏优秀的文学作品……

在采访的最后，主席特地说明："我本人不懂朗诵这个专业，但我知道声音艺术也是很有难度的，这种难度丝毫不亚于诗歌创作。而且朗诵者要成为诗人与观众之间的媒介，就必须吃透作者的原意，然后声情并茂地予以表达，才能架起诗人与观众沟通的桥梁。我认为朗诵者在夹缝中求生存，没有过人的理解力、表达力、声音的穿透力、普通话的标准度等苛刻的条件，是无法让任何一方面满意的。今天的朗诵晚会上，有位来自高校专门教朗诵的老师让我印象很深，他朗诵的是我的代表作——《天府组诗》当中的一首《龙泉驿》。我认为这位老师的朗诵就达到了诗人和观众两方面的要求，所以给我留下了很深的印象。而有些电视台的主持人虽然普通话说得很地道，但明显对作品的理解不够，也不明白诗人当时写作的意图和心理，怎么可能表达得出诗人渴望表达的意境呢？至于我们诗人自己的朗诵嘛，主要是为了体现参与性，因为声音不动听，普通话说得不够好，表达得再有意境普通观众也不会喜欢，所以朗诵作为二度创作是件内外兼修的事。我认为要做一个好的朗诵者很不容易，首先自己必须是个充满想象力和诗情画意的人，要多读书，甚至多写作，至于别的外在条件我认为还在其次……"

主席的这番话被新闻记者登载在了各大报纸的文艺版面上，也同步发布在网络上，林像枫第二天才被吴迪告知作协主席特地夸他朗诵得好。林像枫自己倒不觉得被作协主席夸奖有何了不起，但学校方面得知后却很兴奋，要林像枫整理相关材料上报宣传中心，表示将对这一荣誉事件进行包装和宣传，林像枫口中答应，行动却迟迟延宕着。

（十七）

难道林像枫果真清高到不食人间烟火的地步了么？非也。

是因为吴迪斩获齐越朗诵节大奖，可功劳却被磊爷尽数篡夺么？非也。

这是因为他想起了好几年前的一桩往事。

当时一部23集连续剧《川北往事》的配音当时正在紧张进行中，其配音阵容堪称强大，荟萃了天府之国几乎所有资深配音演员和不少有潜力的配音新秀，还特地邀请香港影帝的"御用配音"——如今在京城早已是赫赫有名的大腕——回家乡挑大梁，担任这部电视剧的男一号角色。林像枫因为嗓音明亮高亢，适合给小生角色配音，于是导演将男二号的角色——跟男一号是父子关系——安排给了他，可谓重任在肩。林像枫自己倒是信心满满，毕竟此前已经有过多部影视剧的历练，当然成竹在胸，只是他做梦也没想到，这竟会是他配音生涯中最后一部电视连续剧。

配音进行得很顺利，虽然京城大腕总要找各种机会摆谱儿，或者时不时故意挑年轻演员的茬儿，但总体来说剧组的气氛很和谐也很齐心，毕竟多数人觉得机会来之不易，态度兢兢业业，工作勤勤恳恳。林像枫特地从学校带了几个表演系的学生参加配音——那时还不至于冒犯磊爷的虎威，因为林像枫只是学校一员兼职专业教师而已，后来恰好由于配音不景气他才转为内聘专职教师，不过那已是后话。

林像枫从学校带学生参加配音是受表演系主任许瑟之托。这位许主任是位年过知天命的大妈，当年也一直在配音圈子里混，虽极少配主角，但凭借资历优势，还是相对受人尊重。可惜当了系主任后不知是操心太多还是操劳太多，总之哑了嗓子，吃药打针都回天无术，只好淡出配音圈，不过一直心有未甘。有次她跟林像枫在学校食堂早饭偶遇，从林像枫口中听说了要给《川北往事》配音的事，就极力拜托林像枫带她的几个得意弟子参加配音，哪怕跑跑龙套也行。林像枫起初有些犹豫，毕竟考虑学生夜间往返不便，经不起许瑟主任的一再恳求，心一软就答应了下来。

结果林像枫在配音剧组里担任了男主角配音、学生监护人和义务司机三重角色——每天早上在自家小区门口等候四个学生搭自己的顺风车赶往城里的录音棚，一天的配音工作结束后早已是月上中天，他再把学生全部安全送回学校后才驱车归宅，连续十天都是如此。

学生们一开始对林老师的辛勤付出很觉得不安，连说感谢、感动或感恩的话，不过几天后就安之若素了，似乎上天派遣林老师下界就是特意来接送他们的，无须格外感激。只有一个叫周晓月的男生嘴上沉默是金，行动上却经常给林老师帮点力所能及的忙。

配音工作进行到第五天的时候，主要演员们都来到录音棚了，一来看望导演，二来关心电视剧何时全部杀青，三来想知道自己的形象融入了别人的声音会是怎样的效果。有的演员是第一次演戏，没见识过配音是啥情况，故而颇为好奇，想亲身来体验下。

对于林像枫的五个学生来说，除了高晓月，另外四人都是俊俏的小姑娘，有机会第一次在梦中神往的配音战场上一试身手自然兴奋不已。有了林老师的关照，工作偶有纰漏也不至于遭人白眼，心理上自然颇为放松，加上学表演的人本来就容易入戏，结果五名学生首次参加配音就都分配到了有名有姓的角色，这在林像枫当年可是不敢想象的事。林像枫一时颇为本校学生自豪——尽管这几位学生并非他的嫡传弟子。

十天的辛劳后，配音工作全部杀青，当晚所有人围坐在导演身边，听导演对每人的表现进行逐一点评，人人心情轻松，不时发出会心的微笑。林像枫的配音水准也得到比较高的评价，导演说他的嗓音非常独特而且悦耳，在国内配音界并不多见，是配音的可塑之才，应该在这方面更加努力——这一评价令林像枫激动不已，心潮澎湃。

凡事都有硬币的两面，导演的好评给了林像枫对配音更加充沛的动力和热情，也使他沉迷于配音的梦想多年都无法自拔，直到遭遇身外的现实给他重重一击为止，此时他才幡然悔悟，不过跟磊爷的梁子已经结得很深，无力回天了。这些也是后话。

当晚所有配音演员都领到了劳务费，五名学生意外地每人领到上千元，高兴得手舞足蹈。高晓月提出要请林老师夜宵，四个小姑娘嗫嚅着说明天还要上课，要不改日再聚。林像枫爽朗地说好吧。高晓月坚持说要不你们先回，我跟林老师好好聚下。姑娘们嗔怪说你要单独跟老师约，那我们怎么回去呀……结果林像枫将五名学生照旧准时送回学校。

林像枫回家后，收到高晓月的短信，说谢谢老师，您太辛苦了，这么多天烦劳您一直义务接送，不知道该说怎样感激的话，总之内心真的无比感激，不知道该怎样报答这么多天您的关爱，如果可以的话，您有什么需要帮助的事情就随时告诉我，一定不会推诿……

看到高晓月的短信，再联想起在配音过程中的种种表现，林像枫觉得这小伙儿很有家教，心想难不成是知识分子家庭出身的孩子？一问果然高晓月父母都是理工科大学的教师，原来大家还是教育界的同行呢，难怪"同声相应，同气相求"啊！

可惜高晓月毕业后回到家乡工作去了，这点令林像枫深感遗憾，否则参加齐越朗诵节也好，组织综艺娱乐晚会也好，高晓月都会是得力的干将。有时候林像枫想：如果我们这儿的配音还像当年那样红火，高晓月肯定会留下来完成配音之梦的，无奈他就如同当年的卧龙诸葛孔明一样，"虽得其主不得其时"，与其这样当然还不如回到家乡，在父母的庇佑下有一碗安稳饭吃得了！

几天后，学校的广场上挂起了大红横幅，上书"热烈祝贺我校表演系师生成功参加电视连续剧《川北往事》主角配音工作！"林像枫看了觉得好笑，一来自己不是表演系老师，二来除了自己，学生们配的都是配角而已。不过他觉得没有必要跟学校在这些芝麻细节问题上较真，免得有闲言碎语说自己想争个啥呢。

又过了几天，林像枫在校园里碰见了参加配音的那四个女生，满腹委屈的样子，一见林像枫的面就忙不迭地给他诉苦："我们系太过分了！"林像枫愕然，探问究竟。原来学校表演系有个硬性规定：但凡是系里给学生揽到的活儿，不论学生获得多少劳务费，都必须上交30%，剩下的才归学生自己所有。林像枫大惊：这个活儿明明是自己揽到的，本来没打算带学生，经不起许瑟主任的一再拜托，才带了五个表演系学生参加，他每天免费义务接送，从没想过要在学生的收入里分一杯羹，表演系有什么权利这样做呢？他一时愤愤不平，马上给许瑟打电话。

许瑟在电话里笑容可掬地说："小林呀，我们系一直都有这样的规定，不是现在才开始实行的，学生挣钱不容易，我们都理解，但规定是不能破坏的嘛！谢谢你带学生参加配音，让他们得到了很好的专业锻炼，我代表表演系全体师生再次谢谢你！！"

林像枫反而语塞，总不好还专门告诉许瑟自己每天义务接送，好像是要特别计较汽油费吧?！可是卖了人情却让别人得了乖，连横幅上的大字都让所有人以为是表演系挣来的荣誉呢，这个哑巴亏吃得……也太那个什么了！这个世界，做个好人怎么这么不容易！还是"默然独守吾太玄"吧！！——他只好用这样的语言给自己解嘲。

没过多久，校园里起了一种风声，而且越传越广：说播音主持系的林像枫老师低价让表演系的学生给自己干活，事后还要克扣他们的劳务费，表演系主任许瑟发现后据理力争，才坚决制止了这种卑劣的行为……有要好的同事私下告诉了林像枫，他大吃一惊，气得七窍生烟又无处发作，因为毕竟没有真凭实据。他咬着牙心里暗暗发誓：以后有配音活动无论如何也不再喊表演系的学生参加，尤其是许瑟的弟子！

林像枫言而有信，确实再也没喊表演系学生参与过任何一次配音工作。

现在读者应该可以明白了：为什么林像枫老师对学校里所谓宣传、包装之类的说法无动于衷了，因为"一朝被蛇咬，十年怕井绳"嘛！

不过一直这样对学校的要求置若罔闻总也非长久之计，总得想个法子搪塞才行。可是他思前想后，没有好的办法，只好暂且听之任之。

正好马上要放寒假了，对于所有艺术学校来说，招生是寒假工作的重中之重，上到最高领导，下到普通员工，都全神贯注于招生的种种细节，譬如宣传造势、考场安排、考官任命、考试内容及时间设计等，当然无暇他顾，林像枫正好借此机会摆脱尴尬，免除麻烦。

因为磊爷过去气焰熏天，林像枫一度被剥夺了参加招生的资格。但在刚刚过去的这一年，林像枫在学校成绩斐然，声誉鹊起，最高领导钱校长一向以知人善任、求贤若渴而自诩，这次自然决心不再埋没人才，特地御笔钦点林老师参加今年的招生工作。这一举动不正好暗合了"岁寒，然后知松柏之后雕"的圣贤古意么？经过推荐、考核、选拔、甄别……学校有关各方均认可林像枫老师具备招生考官的充分资格及能力。磊爷这时当然也乐得顺水推舟做个人情，网开一面了。于是林像枫终于在雪藏多年后，再次成为艺考考官的一员。

按学校规定：考官要无条件听从招生办的安排，任劳任怨，不得有所搪塞、推诿、抱怨或者提出非分要求，更不得以任何借口收受考生贿赂，一经发现，立即取消考官资格，情节严重者予以开除。

一直有传言说艺考考场是高考腐败的重灾区，不过耳听为虚，眼见为实，没有亲身经历，又何来切肤之感呢？林像枫明白艺考考场不是洁净的香格里拉，但也相信不至于成为"奥吉亚斯的牛圈"，多年前参加招生的

朗
诵者·
LANG SONG ZHE

时候还没听到过有什么猫腻或者潜规则，难道现在就敢肆无忌惮了么？不至于吧，林像枫心说。

很快林像枫得到招办的通知：春节前去天津和江西，春节后待定，等候安排。

在家安静读书不到一周后，林像枫便踏上了津门之旅。

<h2 style="text-align:center">（十八）</h2>

这是一个凄风苦雨的冬日。当所有人还眷恋着狐裘暖意的时候，林像枫等便于薄明前辜负香衾而在小区门口等候校车了。

上车后，林像枫惊讶地发现，磊爷居然也在车上，并且对他微微含笑点头。林像枫回以礼貌的一笑，继而安坐车中不再言语，闭目养神。

不是不想跟磊爷寒暄几句，而是在这样的场合，多说无益，不如自得其乐。

很快车到了机场，大家陆续在机场大厅会合。结果林像枫惊喜地碰见了几位熟人朋友，正好一起到天津。

其实平时并无太多交集，只是对于林像枫来说，越早摆脱磊爷的羁绊越好，于是这几位同行他就觉得分外亲热。其实林像枫大可不必挂心，因为磊爷上的是到黑龙江的航班，并不跟他在同一条航线，不过这情况他直到登机后才知道。

下了飞机，出了候机楼，雪片像柳絮一样迎面飞来，大地一片洁白，仿佛明月在春江上的投影。

和林像枫结伴下榻天津的同事有两位，一老一少：老的名唤范春东，身材高大，器宇轩昂，完全不像耳顺年纪之人；少的名叫石玉鹏，典型的东北汉子，憨厚耿直，不拘小节，目前仍是单身帅哥一枚。

三人相处得颇为投机——一来不在同一个系共事；二来范兄长与石老弟皆是北方汉子，豪爽大气有别于南方人；三来大家都是爷们儿，自然共同语言多。

林像枫对石玉鹏颇欣赏，惺惺相惜之情甚为浓烈。因为二人年龄相近，又有许多共同爱好，私下里的交流就特别多。

石玉鹏酒量惊人，东北爷们儿性情就是直率，喝酒时从来爽快干杯，绝不偷工减料。他在学校属于编导系，主讲一门叫作"文化产业管理"的课程。对于林像枫来说这种课程大概与天书无异，但在艺术学校也自有其存在的价值，倒也是令人颇感兴趣的事。所以他俩酒酣耳热之际就天南海北地侃大山，使得范兄长往往只有向隅独饮的份儿。其他人一般来说就餐完毕便各自回房，只有他们仁因为同居一室，自然行动上保持高度统一。来到津门的头天晚上，石玉鹏和林像枫就都喝多了，别人三三两两离席了他们还在继续海喝，一副不醉不归的劲头。范春东年长，自控能力较强，酒过三巡少添春色后就改饮香茗了，不过丝毫不影响大家谈话的兴致。很快，话题就从各自的专业转移到了艺考考场上。

范春东每年都参加招生，故而对考场情况分外熟悉，娓娓道来如数家珍。林像枫是"续弦"的考官，石玉鹏则是初出茅庐的新手，两人对如今的艺考情状几乎都是白纸一张，于是聆听范兄长传授经验、讲述见闻时就格外认真，仿佛品尝一味新的佐酒菜。

当范兄长说起去年考试的一桩奇闻时，林像枫和石玉鹏都睁大了眼，酒也在无形中醒了一半，事情是这样的——

一个播音主持系的年过六旬的牛老师——曾是东北某个二线城市人民广播电台老资格的新闻播音员，说起来还是林像枫的前辈同行——去年担任江西南昌招生点的考官。这位老播音员平时就自视甚高，全校除了磊爷——他的师兄外——谁都入不了他的法眼，当然也不屑跟林像枫有个人交际喽，所以林像枫对他毫不熟悉，连名字都觉得有些陌生。

话说这位牛老师，第一天在考场上面对一名南昌考生就语出惊人："这位同学，你认识我吗？"

考生闻言一惊，仔细打量考官尊容，期期艾艾地说："对不起老师，我……我好像，好像不认识您……"

牛老师厉声道："连我你都不认识，还想考我们学校？告诉你，在下姓牛，牛老师，记住了！"

考生自然诺诺连声。这时牛老师泰然说道："我看你条件不错，适合学习播音主持，但如果连我——牛老师——你都记不住，就没有资格来我们学校，我是很多著名播音员的老师，知道了吗？！"

考生动情地说："牛老师，我记住您了！如果我能考进你们学校，成

朗诵者·
LANG SONG ZHE

101

为您的学生，将是我这辈子最大的荣幸！"

牛老师满意地点点头，目光中"孺子可教"之意历历可辨。考生心中暗喜，看牛老师正欲再开金口，赶紧洗耳恭听。牛老师朗声道："你能认识牛老师是你的福分，但是能不能修成正果还要看你跟牛老师的缘分，明白没有？现在你马上通知你父母准备十万块钱交给我，我就让你进入我们学校播音主持系！"

林像枫刚跟石玉鹏碰杯，含在嘴里的一口酒这时不约而同"噗"地全喷了。两人眼睛睁得仿佛铜铃，他们觉得太不可思议了：堂堂播音主持系教授居然在考场向学生公然索要贿赂！如此明目张胆节操何在？校规校纪且不说，传扬出去岂不是教授的尊严与脸面全部丢尽么？牛老师敢于公然腐败，别的老师不也可以效尤么？简直乱了套了……

范兄长显然从目光中读出了二人的心声，呵呵一笑说："你们肯定以为这牛老师有恃无恐才敢这样明目张胆？哈哈，你们错了！牛老师这人这里……"他指指脑子，"有些问题。老爷子说起来也蛮可怜，当年儿子因贩毒挨了枪子儿，从此精神就有些失常，前几年退休后经调理已基本痊愈。他的师兄就是你们系的公孙主任，担心师弟的身体，特地把他聘请到学校来教书，免得没事可干胡思乱想再犯病。所以牛老师的所作所为学校都睁只眼闭只眼，免得刺激他的神经出啥意外，毕竟要看公孙主任的面子嘛。再说他虽然公开向考生索贿，但最终毕竟没有要到手，只能算是有'作案'动机，但并没能真正实施。"

石玉鹏疑惑道："范大哥，你是如何对这些了如指掌的，你并不是播音主持系的呀？林哥在播音主持系，怎么都不知道这些呢？"

林像枫点头，范兄长狡黠地一眨眼："你们以为我现在干的是录音，所以跟播音主持没关系吗？其实我当年是干播音的，跟公孙磊一个电台，大家抬头不见低头见呢！只是我没干多久就下海了，公孙磊后来一路官运亨通，当了我们台的播音指导部主任。最早我们关系还不错，后来他当主任后架子就大起来，见面爱理不理的，所以大家自然疏远了。现在他在学校也是主任，我呢，就只好去录音系'蹭饭'吃喽，哈哈！"

二人都颇为感慨：这个世界变化真快，这个世界有很多东西让人不明白……林像枫尤其对近几年来的境遇感悟深刻，只是他忍住了不说。

石玉鹏用手一拍头顶，仿佛要驱散今晚听到的故事在脑海里投下的阴影，然后颇有感触地说："今天太有运气了！听到范大哥给我们聊这么多有意思的事情，不过我是第一次参加招生，完全不知道这些东西，猜想牛老师不一定是个例，别人不会这样明目张胆，但是说不定会有私下勾兑呢！对了，这事既然传开了，钱校长不会不知道吧？那他是什么态度呢？"

林像枫自然也同样关心这个问题。范兄长反问："你们觉得他会是什么态度呢？"

林像枫猜想钱校长见怪不惊，对老资历的教授势必网开一面，不过必须有所惩戒，否则如何能给所有考生和全校考官一个满意的交代呢；石玉鹏认为钱校长眼睛里容不下沙子，一定会杀一儆百，绝不留情。

范春东笑道："这事如果搁别人身上，早就被开除了，可你们谁听说牛老师被开除呢？现在不还好好地在学校上着课吗?!"

石玉鹏并不清楚，林像枫却点头称是，毕竟他跟老牛同在一个系共事，经常能打照面儿——尽管每次见面牛老师头都昂得很高，面无表情，目不斜视，无怪乎他姓牛，而且的确不愧是磊爷的师弟，连神态都无二致呢。

范兄长再度呵呵一笑说："你们俩这几年是第一次出来招生对吧？当然觉得这件事不可思议。先说下学校最后对这件事的态度吧。你们绝对想不到，没有任何迹象表明学校有关方面知道了这件事。从校领导到招生办工作人员，谁都没对这件事提出过一个字的意见，好像它根本就没发生过一样。"

林像枫说："牛老师这回倒是全身而退了，不过'常在河边走，哪有不湿鞋'，以后谁能保证他不会继续在考场上向考生发威和索贿呢？"

"所以今年牛老人家就没参加招生了。"范兄长道，"他自己要求来，但学校方面以关心他身体为由，这次死活不让他参加招生，当然还动员他师兄亲自去给他做工作，他才勉强同意今年不来，最后还放话说'要是我不来，怕你们招不来优秀的艺术人才'，哈哈！"

"范大哥，你怎么知道得这么清楚？好像你就是当事人一样，哈哈……"

"嘿嘿，你还真猜对了，我就是当事人——"

朗
诵者·
LANG SONG ZHE

"什么……"林像枫和石玉鹏瞠目结舌，互相对视。

"告诉你们的这件事，可一定别在学校里面说。学校当初请我来的时候，是想让我担任播音主持系的常务副主任一职，说是因为公孙主任年纪大了，保不定还能干多久，总要有个接班人对不？可我没答应，因为我年纪也一大把了，耗不起那个神。再说了，公孙磊有他的考虑，就算我答应了，他那关也难过，我何必热脸去贴别人的冷屁股呢？

林像枫蓦然想起苏东坡的两句诗"惟有王城最堪隐，万人如海一身藏"，觉得形容范春东最合适不过。眼前的老大哥居然差一点就成为自己的顶头上司了，而现在大家却在把盏言欢呢！要知道，像林像枫这样性格的人天生对上级就有一种疏离感，并非远离尘嚣不通事务，或者淡泊明志宁静致远，而是一种心理上的先天缺陷使然。所以上天造人真公平，赋予了你天赋才能，却剥夺你超群心智。绝顶聪明的才子通常恃才傲物。至于二者兼备的豪杰之士，例如诸葛孔明，造物却又不愿假以天年——哎！"自古穷通皆有定，离合岂无缘？！"

后来林像枫和石玉鹏从别人口中更进一步知道：范春东是柏副校长的亲姐夫，细数三代算起来，就是钱校长的堂妹夫，怎么说也是直系亲属，无怪乎一来就要委以重任。可二人衷心钦佩范兄长的一点是——他从没透露过自己是钱校长的亲戚，也绝无半点盛气凌人之感，相反把二人当作肝胆相照的好友，尽情倾吐了许多肺腑之言。这就足以让林石二人铭感于心且视若管鲍之交了。

三人第二天去塘沽洋货市场盘桓了一日，买到不少价廉物美的小商品，虽然都是山寨的玩意儿，但外形与质量却几乎可以乱真。这使林像枫起了一种联想：艺术学校的个别老师——典型如牛老人家——就像这里的山寨产品，虽说名片上挂起一长串专家、教授、学者、博士、顾问等炫目头衔，其实论起专业水准和道德情操，本与原装货相去简直不可以道里计，但是市场需求却格外旺盛。反正无人控告侵权，买方卖方皆大欢喜，市场前景一片光明。林像枫工作的传媒大学不正是顺应了这样的市场法则么？

晚上回到下榻的酒店。用完晚餐后，张笑梅组长代表校领导和招生办主持召开考前工作会，分专业依次讲解评分方法及要求，然后特别强调申明了考场纪律的重要性，并格外加重语气说本校招生风气历来名列各大艺术院校前茅，从未出现过考官公然勒索考生的事件——边说边不经意地用余光瞥一下石玉鹏，仿佛秋风轻轻摇落木叶。

散会后给每位主考官分配助考。林像枫的助考叫许佳，是个脸蛋圆圆的小姑娘，在摄影系读大一。林像枫问她为啥没有选择播音主持系，许佳羞涩地一笑说自己形象又矮又胖，怎敢对播音员主持人痴心妄想。林像枫说形象不是大碍，兴趣才最关键，你要喜欢我想办法帮你转系。一语说得许佳心动，说等忙完招生跟父母商量商量。

其实林像枫并非对许佳个人前途有多大的关心，不过是职业习惯作祟罢了，总希望人人都来学习艺术语言，是不是可塑之才并不重要，给专业造势才是一种职业本能。

第二天一大早，天色还未大亮，急促的电话铃声就把所有人从香梦沉酣中惊醒。迷迷糊糊一看手机，才6点半，而考试时间是8点半。大家虽然还未清醒，也在朦胧中理解了招生组的苦心：毕竟是第一天招生，未雨绸缪比较好，免得出了纰漏亡羊补牢。

所有人集中到餐厅吃早餐，然后冒着霏霏细雪赶到考场。门口已排起了长龙，蜿蜒弯曲到微雪朦胧的远方，被凛冽的寒风吹得摇摆蠕动。老师们目睹考生们的凄凉之状，内心一阵不忍，赶紧钻进各自考场，似乎这样可以加快考试进度，免考生皮肉受冻之苦。

但是铁的纪律雷也打不动：规定考生进场候考时间是8点半，不允许随意提前。考官们只好按捺焦躁耐心等待，似乎刀子似的寒风全刮在自己身上。

林像枫的考场跟石玉鹏恰好是对门，相隔只有数米之远，眉眼交流十分方便。一到考场，石玉鹏便忙上忙下，没半刻消停。林像枫觉得有趣，一直打量他到底在忙些啥，自己不好随便破坏考场不许彼此串门的规矩，于是耳语许佳让她帮忙问问石玉鹏有啥需要帮忙的没有。

许佳去不多久回来了。林像枫问她情况，原来石玉鹏不知道把公章忘到哪里去了，到处都没找到，急得抓耳挠腮，又不敢告诉招生组——因为丢失公章属于严重事故，何况张笑梅现在看他眼光一直异样——所以只好把公文包翻来覆去地鼓捣，或者考场上下里外寻觅。

林像枫猜测多半儿是忘在房间了，可现在又无暇也不方便回房间找，让许佳帮忙去房间吧也不方便，于是心生一计，对许佳附耳低语。许佳听罢，点点头去了。

石玉鹏在对面教室对林兄长抱拳鞠躬，林像枫作势狠狠敲打他的头。这时，张笑梅来了，通知大家准备考试，考生已经在陆续进场了。

一上午忙煞了许佳，两个教室之间轮流传递公章——原来这就是林像枫的主意，先辛苦许佳在两个教室间来回传递公章，然后趁午休时间自己偷空回房间看看。林像枫有一种预感：公章掉不了，多半是掉在房间的床脚下或者书桌的抽屉里了。总之不管掉哪儿，都不能惊动招生组。

好容易折腾到午饭时间，林像枫向石玉鹏狡黠地一笑，随即做个手势，石玉鹏会意，于是二人就悄悄返回房间了。

翻遍了整个房间也没有找到公章。石玉鹏两眼出火，痛骂自己马虎大意活该倒霉，林像枫一时也手足无措，寻思是否半路丢失。

林像枫又到卫生间左右寻觅，忽然在洗脸池下发现了懒洋洋躺在那里安睡的失踪之物。石玉鹏一回忆：多半儿是早上出门之前内急如厕，直接挟着公文包就跟马桶亲密接触，不经意间公章这个调皮的家伙就溜出来放风了，好在终于回到主人的怀抱，也算"大难不死"。两人打哈哈嬉笑着回到考场吃盒饭。

午后太阳露脸了。这北方的太阳跟北方人性格一样，不想出来的时候你千呼万唤它也置若罔闻，想出来的时候披着一身金甲就闪亮登场，绝不拖泥带水，忸忸怩怩。而咱们天府之国的太阳就像前文里曾说及的那样，从来不肯爽快露面，好容易钻出了云层，还迟迟羞涩着不肯摘下面纱，结果人人望眼欲穿的阳光就像肺结核病人捂着嘴在咳嗽一样，声音重滞混沌，毫无轻松爽朗之感。

阳光照进教室，带来北国初春的暖意，屋外的杏花含苞待放，枝头也绽了小指头般大的新绿。考场内外，人人心中因为洋溢着春意而精神抖擞，考试节奏也变得明快起来。大半天工夫，进林像枫播音考场的考生就大概有200人，各种形象、不同装扮的小鲜肉应有尽有，跟窗外的隐约春光相映成趣。

在外人看起来，当个艺考主考官是很幸福的事情了——不用费心去点评、指导、讲解，只需安坐杏坛登个分数就算完事，何况考试的内容还是自己熟悉和喜爱的专业。评分标准是"三好学生"——形象好、声音好、专业好——就打高分，反之结果一定不佳。活用一句古诗："人事有代谢，分数辨高低。"就可以简明形容艺考考场的情况了。不过，再喜爱的东西见得多了都会导致审美疲劳，雀鸣枭啼、虎啸猿吟到最后会成为同一种噪音，而且从晨光熹微直到夕阳西下，目不转睛、正襟危坐，收工后腰酸背疼、力倦神疲自然是家常便饭。所以这个世界有哪一项工种是轻松的呢？幸福感其实不过是"如鱼饮水，冷暖自知"罢了！

不过有一点毋庸置疑，那就是对于考生来说，主考官拥有至高无上的生杀之权——他操纵着你的分数，决定着你的成败。如果考官品行端正、公平无私、择优录取、遵章守纪，自然天下太平，皆大欢喜；可考官要是徇私舞弊、上下其手，这个漏洞可就大了。

所以为了杜绝考官勒索考生的事件发生，每个考场都配有摄像机记录下考生的考试全过程。录像资料带回学校后，要特地组织专家团队进行复审，看考生的表现与考官的分数是否匹配，若发现有舞弊嫌疑，首先判定原有成绩无效，新的有效成绩由专家组重新判定，然后对相关责任考官进行问责。

按说这种"双保险"制度也算健全，令徇私舞弊者无明显漏洞可钻，可为何艺考考场依然是高考腐败重灾区呢？大概因为专家组也是由人组成，有人的地方就有江湖，有江湖的地方就有义气，于是就有或偏袒，或公正，或报复，或照顾——人和人之间的不同，在艺考这件事情上反映得格外充分了，看下文便知。

第一天考试结束了。北方天色黑得早，不到5点，窗外的暮色便如墨汁般逐渐晕染了大地。夜空万里无云，上弦月的线条格外清晰，仿佛工笔勾勒。在清朗的月色下，林像枫独自悠然漫步，因为石玉鹏和范春东的考试都还在进行中，他于是静静步月等待。今天的工作进行得还算顺利，上午帮助石玉鹏略有分神，但至少未造成纰漏，然后就像暴风骤雨一般，一大波考生在眼前倏然滑过，扪心自问打分还算公平，专家组审查的时候定无明显瑕疵，对得起学校领导的信任也对得起自己的良心。他长吁一口气。

半个多小时后，石玉鹏的考试也完工了，飞奔出来寻林兄长，仿佛卸落了心头一块大石。二人寻思范兄长应该也快杀青，今晚吃饭依然可以喝上几杯了，心情颇为放松。

但几度等待，眼看着上弦月都要翻身化作下弦月了，范春东还不见踪迹，考场又不允许携带手机，不明白到底是何种情况，只好耐心等待。寒风袭面，两人冻得全身瑟缩，实在忍受不住了，石玉鹏提议回到考场去了解下情况。

刚要折返的时候，林像枫的手机响了，是张笑梅打来的，通知他们直接去餐厅吃饭，表演考试还在进行中，范老师不能陪他们一起吃饭了，今晚会加班到几点还说不清楚呢。二人无法助上一臂之力，只好快快而返，草草吃完饭就回房了。

将近11点范春东才回来，歉意地说让兄弟们久等了，说好的小酌也化为了泡影。林像枫一问究竟，才知道范兄长一个人要负担表演、配音、空乘三个专业的考试，左右支绌，手忙脚乱，统计分数也容易忙中出错，重新核对起来工作量成倍增长。再加上范兄长毕竟已届花甲之年，眼神实在无法辨认细字如豆，结果在惨白的灯光下登记分数就格外吃力，简直把他累得筋疲力尽，又没个搭档可以照顾或分担。

二位兄弟深表同情又遗憾爱莫能助。石玉鹏突然灵机一动说："对了林哥，你今天考试速度最快，明天肯定能提前结束，要不你去帮一下范大哥吧！"

林像枫摇头说："我倒是愿意给范大哥做个帮手，可招生组这边肯定不会同意呀！不是说好我们一人负责一种大专业吗？我要是跨专业去帮忙，会不会乱了套呢？"

正说着，门铃响了。石玉鹏去开门，原来深夜的不速之客是张笑梅组长，特地来探望范春东前辈。一进门她就笑容满面地说："范老师，今天辛苦你了，晚饭都没来得及吃，我给你带晚饭来了，趁热快吃吧！"

范兄长不用说肯定是饥肠辘辘，虽然晚上在考场吃了盒饭，不过繁重的加班后，几个小时前的那点营养早就稀薄得如同浮云了。这时林像枫趁便问各个专业的考试进度，张笑梅说播音进行了2/3，编导刚过半，表演才1/3多一点——大家都明白了：按今天的进度，明晚范兄长不加班到半夜是无法完工的，毕竟明天就是最后一天的考试日……

石玉鹏很着急，问张组长后天可否多加考半天。张笑梅摇头说不可能，就算招生组想多考一天，这边的招生部门也不会答应。随即她转头对林像枫说："林老师，只好麻烦你帮忙了，你明天上午结束了播音考试，午饭后可不可以帮助范老师一起考表演？"

大家还没来得及惊讶，林像枫已经爽快回答了："我当然没问题，随时听候调遣，但是表演考试的要求我还不知道呢，如果能胜任我一定从命！"

张笑梅说："林老师是多面手，考表演绝对没问题。为了加快考试进度，你跟范老师配合一下，你负责初试，范老师负责复试吧！"

第二天林像枫很早就结束了播音考试，然后一门心思帮助范兄长了。真是隔行如隔山，表演专业的考试比播音和编导复杂十倍：要看身高，量三围，条件合格了就得看表演是否投入，唱歌是否跑调，舞姿是否优美，声音是否动听……然后还要优中选优、强中择强，一个条件无法达到，就毅然淘汰，绝不留情。

张笑梅告诉林像枫评分标准后，附耳悄声面授机宜："你根据自己的判断选择考生，条件好就上，条件不好就下，不用花太多时间，灵活判断吧！"

于是左右权衡、东西抉择，林像枫仔细地过滤了初试名单，觉得对得起自己的良心了才盖章同意。下午三四点的时候，张笑梅匆匆来到，关心考试进度后委婉地提醒：尽早结束初试，烦劳林老师参加复试，好配合范老师圆满完成全部表演考试。

林像枫明白范兄长的进度又严重滞后了。很快，林像枫便跟范兄长一人一组进行复试了，晚上8点以前便结束了所有考试，真可谓皆大欢喜。

当晚的聚餐安排在丽声大酒店自助餐厅，人人觥筹交错，气氛空前和谐。不过令林像枫意外的是：给范春东兄长敬酒的时候，他很有礼貌地拒绝，一直不正眼看自己，随即主动找组长与同事碰杯，似乎是为避免这尴尬……不久柏副校长亲自到场，对大家说了很多热情洋溢的感激话语。至此，第一站的招生算是圆满完成了。

下一站奔赴革命星星之火的策源地南昌。林像枫在飞机上想起去年牛

朗诵者·
LANG SONG ZHE

老师就是在这里向考生"发威"的，不禁莞尔一笑，继而又疑惑范兄长为何昨晚聚餐时对自己不冷不热。按说没有自己的帮忙，昨晚的考试何以能结束得如此顺利，再说给范老师帮忙并非自己主动提出，而是招生组下的命令呀！他忍不住跟石玉鹏咬耳朵。

石玉鹏觉得林兄多虑了。他认为范兄长心胸坦荡，对播音主持系的副主任一职尚且视若敝屣，何至于在这些芝麻小事上斤斤计较，何况也无名利可图。林像枫觉得道理不错，可心里有些放不下，文人自古总是小心谨慎，林像枫也不例外。

飞机到南昌了，一片凄风苦雨，让人倍感寒意。

下飞机后，范春东取行李时跟林像枫挨得近，就热情洋溢地跟林兄弟说长道短，一副毫无挂碍的神色。林像枫一头雾水，真不明白是自己太多心，还是他人太善变。不过虽然迷惑，还是为兄弟之间坦诚相待而开心。

车行到酒店，组长何丽莎早已在门口等候。一见林像枫他们，就满面春风地热情召唤，然后送众人去各自房间安顿。

这里的住宿条件比津门好了许多，几乎人人都有独立的房间。不过石玉鹏反而不习惯，行李一放下，就直接到林像枫的房间左右打探，然后嚷嚷开了："林哥，我们住一个房间吧！"

林像枫也想有个伴，好抚慰旅途的孤寂，而且俩人同居一室也可避免重蹈公章丢失的覆辙呢，于是石玉鹏把行李搬到了林像枫的房间。何丽莎知道后自然也开心，因为可以省下一间房的三天费用了。这样说来三兄弟真替学校着想：在津门三人同处一室，为天津招生组省钱又省心；到了南昌，又把老一辈无产阶级革命家勤俭节约的精神继续发扬，为江西招生组省房钱，等于在无形中变相为学校招生做出了别样贡献。

晚饭的时候就热闹了：几十名考官在餐厅济济一堂，互相嘘寒问暖。原来林像枫等三人是天津一站的小分队，而大部队直接从天府大本营奔赴前线，自然人数众多，阵营庞大。林像枫在队伍中见到不少熟人老友的面孔，心中分外高兴，一扫南昌天空的阴霾。

南昌招生工作的细节无甚特别之处，无须赘述了。不过在考场上发生的一件事却惊骇了林像枫的心，甚至使他终生难忘，也成为他离开这所大学另谋高就的动因之一。

林像枫非常熟识的一位前辈——李老师，这次也来到江西考场跟范春东同招表演。范老师负责初试，李老师负责复试。

两人的合作头一天还挺默契。虽然范老师考试认真负责，一丝不苟，导致考试进度一如既往地慢条斯理，但李老师耐心很好，丝毫也不催促。两人的合作居然天衣无缝，仿佛雪山在纳木错湖面投下和谐的倒影。

第二天下午考试刚进行到一半，眼看全部招生工作即将圆满结束的时候，忽然钱校长、柏副校长带着几个人来到了李老师的考场。随即助考出来宣布有事相商，考试暂停；又过了少顷，助考匆忙出来，小心掩上门，然后一溜烟跑到范老师考场，附耳低语了几句后匆忙回到李老师考场；又过了少顷，钱校长、柏副校长、李老师和别的人一起离开了考场，匆匆避开人群远去；又过了少顷，何丽莎组长来到范老师的考场，然后范老师教室的大门上贴上了"初试、复试考场"的标示。

将近6点，所有考场考试全部收工的时候，突然接到招生组的通知：全体教师立即到会议室集合，不得缺席，否则以违纪论处。一时间所有老师面面相觑、惊愕不已：这不是到饭点了么？为何此时开会，之前并不通知大家呢？难道考场出现考生打架、投诉、晕倒等重大事故么？所有人在云雾迷离中簇拥到了会议室。

会议室此刻的氛围仿佛法庭，严肃得令人窒息。钱校长在正前方背手鹄立，神色冷峻，目光凝重，面对整个大厅若有所思。李老师面对钱校长独坐于会议室正中，低头一声不吭，目光呆滞。

等到招生组成员陆续到齐的时候，何丽莎组长对钱校长附耳低语，钱校长略一点头，目示柏副校长发言。柏副校长清清嗓子，对众人说："今天请众位老师来开个紧急会议——请安静！会议不结束，今晚就不开饭！请大家配合我们把会开完，今天的会议很重要，事关我们学校的风气、荣誉和影响！下面请钱校长发言！！"

大家正在疑惑时，钱校长的厚重语声已经摧枯拉朽破空而来："今天的会议正如柏副校长所说，事关我校的风气、影响和荣誉！我们学校成立20年来，在全社会具有良好的口碑和声誉，这是全校师生共同努力和奋斗的结果，是全校师生共同用心血和汗水浇灌的辛勤果实，绝不容许任何人对它有半点亵渎和破坏！可是——"钱校长蓦然转身用手一指李老师，

朗
诵者·
LANG SONG ZHE

111

"今天在考场上就发生了我校成立20年来决不能容忍的事件！李老师利用主考官的权力和职务之便，居然在不同场合向考生及考生家长索要贿赂，行为令人发指！！"

钱校长激动得手打哆嗦，李老师则依旧目光呆滞。所有与会者都屏息静听，不发一言。钱校长忽然猛一拍桌子，厉声责骂："李老师，你说你怎么能做出这样对不起学校对不起学生也对不起自己良心的事！请问你师德何在？良心何在？尊严何在？天理何在？！如果你不想对自己的教师身份负责，学校也不必对你负责，请你三思！！！好，散会！"

饭桌上，议论声便此起彼伏了，尽管谁也不愿将心情形诸辞色。

石玉鹏悄然对林像枫道："林哥，这事儿不大对劲呢！"

林像枫知道石玉鹏的言外之意，但不好表态。这时何丽莎对大家说："今晚考场出了严重的违纪情况，希望诸位老师引以为戒！明天上午是最后半天的考试，我跟各位老师一起站好最后一班岗，一定保质保量完成学校的招生任务，谢谢大家的支持！"

回到房间后，石玉鹏长吁短叹，林像枫却是安之若素，仿佛一切都在意料之中。石玉鹏叹息着说：

"林哥，你今天真够淡定的！不像是你的风格呢？！"

林像枫淡淡一笑："你的意思我明白，牛老师和李老师相比，差别怎么这么大？

"是啊……唉！"

林像枫知道小石的潜台词，自己内心又何尝不做如是想？可是天地之大，却容不下任何人在其中做真正的"逍遥游"。

小石见像枫发痴，以为他对人世间的不公无动于衷，心里着急，碍于情面又不好说破，只好独自闷闷睡下，心中憋屈不已，觉得这次出差招生简直是无聊透顶，之前那种手握主考官大权睥睨天下的豪情瞬间灰飞烟灭了。

林像枫也迟迟不能入睡：在这所学校，身为大学教师却只能眼睁睁看着这些肮脏之事发生。或许，是该下定决心的时候了！林像枫心中忽地觉得豁然开朗。

天光大亮了，林像枫蓦然从沉睡中惊醒，疑惑为什么没人喊自己起床，转身一望石玉鹏还睡得正香，又想笑又觉得疑惑，翻身抓起手机一看时间：才6点不到！难道洪都故郡的春天来得早，所以太阳公公也提前睁眼了么？一转念觉得不对，窗外银光泼眼。起身拉开窗帘一看，原来大地一片素洁，无边琼作海，不尽玉为梅——昨晚的一夜大雪，将之前的晦暗天色、恼人阴霾一扫而空，恰与此时自己的襟怀非常合拍，心里不觉兴奋异常，忙喊醒石玉鹏一起来观赏雪景。

石玉鹏东北汉子，打小在粉妆玉琢的世界中长大，对南方的冰雪自然有些不屑一顾。不过他倚窗四顾的时候，忽然若有所思，仿佛纯洁的白雪此刻将他洗涤得格外心明眼亮，他转头悄声问林像枫：

"哥，我忽然有个可怕的猜疑……"

"什么？"

"你不是说之前范大哥对你态度突然变得有些奇怪吗？你觉得是不是因为他知道李老师勾兑考生的事情……"

"为什么？他知道李老师勾兑考生，为啥对我突然不冷不热呢？难道他觉得我跟李老师之间有交易？"

"当然不是！我觉得范大哥是一个行为磊落的人，眼睛里容不得沙子，你从他身为领导亲戚却淡泊名利这事就能看出来。我猜想之前他对你有误解，但又不好明说。比如说他以为你参与了李老师跟考生之间的交易，所以心里对你立马疏远，后来发现也许误解你了，所以对你又恢复了当初的热情。你觉得我猜想得有没有道理？"

"你这么一说，似乎有些道理，但他怎么会误解到我头上的呢？明明我跟李老师并无来往，八竿子打不到一起呀？"

"也是啊……林哥，咱们就打开天窗说亮话吧！你在你们系有没有关系特别不好的人？"

听小石这么一提醒，林像枫忽然醒悟了：磊爷，还有宋允强，这两柄悬在头上的达摩克利斯之剑随时可能会掉落——防人之心不可无，尽管防不胜防。磊爷能保亲师弟牛老师无恙，就不能对林像枫落井下石么？宋允强也不必说，永远跟磊爷一个鼻孔出气。这俩人在暗处虎视眈眈地盯着你，如何能不让人心生忧惧？现在还无证据表明他俩中的任何一人跟范春东兄长有过什么接触，不过小石的感觉应该不是空穴来风，毕竟万事总有因果。

　　林像枫觉得，东北汉子按古人说法属于"慷慨悲歌之士"，从外表上看都粗犷豪迈不拘小节，但心思往往细腻，观察力常常敏锐，还有一种为朋友两肋插刀的古道热肠。石玉鹏是东北汉子，吕鹏飞不也是黑龙江小伙儿么？俩人的特点真是如出一辙，典型的"表里不一"型。吕鹏飞年纪虽然更轻，看问题却同样颇有眼光。

　　这时助考打电话来喊吃早饭。两人一看时间已经7点过了，抛下雪景直奔餐厅。

　　最后半天的招生颇顺利，一来考生人数少，二来所有考官也都加快速度，想要尽早完成任务。于是在午饭前，南昌的招生工作就全部完成，不过没有一名老师感受到工作结束后的喜悦，反而觉得收尾工作让心里憋闷，仿佛足球比赛打了大半场好球，最后却自摆乌龙导致结局大逆转一样。

　　晚上的饭局菜品极为丰盛，毕竟有最高领导亲临盛会与民同乐嘛。钱校长兴致极好，频频举杯给大家敬酒，似乎昨天下午的一幕从未发生过一般。林像枫用目光一扫全场，看见李老师安坐在角落里自在吃喝，好像昨天的一幕并未发生在他身上。他内心颇为惊愕，又不好即席流露，只好强捺住好奇心，看这出戏的下一幕怎么演。

　　酒过三巡，钱校长朗声开言道："各位老师辛苦了！我们学校今年的招生情况可喜可贺，考生数量又上了新的台阶，这些成绩的取得跟众位老师的努力是分不开的！我常说，各位老师要以校为家，多一些奉献，少一些索取，这样才不辜负'人民教师'的光荣称号。我听说有些老师私下抱怨待遇低，工作辛苦，难道你换别的工作就不辛苦吗？待遇就一定比现在高吗？不一定吧?！就算你找到一份比现在挣钱多的工作，你觉得会拥有传道授业解惑的自豪感吗?！我们学校是拥有一流设备、全国学生数量最多的艺术大学，老师们能成为咱们学校的员工，难道不应该时时充满主人翁的自豪感和无私奉献精神吗？如果——"他蓦然加重了语气，并且用余光一瞥角落里的李老师，"没有以校为家的责任感，反而处处想着利用一切机会为自己牟私利，不珍惜自己的教师身份和荣誉，更不顾及学校在社会上的影响，这样的行为和思想是可耻的！所有老师都要自觉抵制这种思想的不良影响，这样你才有资格做一名合格的艺术教师！不过嘛，人非圣贤，孰能无过？利欲熏心，一时的糊涂总是难免的。对于这次犯错误的老师，如果能够从根子上彻底认识和检讨自己的错误，学校方面总是会给一次将功补过的机会的！孔夫子说的好：'有则改之，无则加勉。'希望各位老师在吸取这次教训后，思想和行动上都能充满正能量，让我们为学校的明天更加辉煌共同举杯！！"

哗啦啦的掌声仿佛骤雨乍降，紧接着一阵觥筹交错之声。随后，钱校长、柏副校长和何丽莎组长端着酒杯向每一桌老师、工作人员与学生助考轮流敬酒。这时酒桌上的气氛达到高潮，大家频频举杯互敬，大有不醉不归的豪情。或许钱校长刚才那番金石之声就是最好的下酒菜呢！

年前的招生工作告一段落，所有老师终于可以安度寒假、喜迎春节了。卸下如泥石流般沉重而变幻的包袱，浑身轻松地候杏花消息，消客子光阴，虽无丝竹管弦之盛，也至少可免人事倾轧之虞。对于林像枫这类文人来说，又有闲情可以吟诗作赋、痛饮狂歌了，又有时间可以偕二三子，风乎舞雩了，又有精神可以大声鞞鞊、啸傲诗坛了……

闲处光阴易过，春节匆匆来到又匆匆逝去。除了耀眼焰火、震耳爆竹、隔年陈酿、烟熏腊肉、乏味春晚、定式拜年外，别无特别值得一提的事。年后林像枫被派遣到鹏城深圳招生，也味同嚼蜡，唯一感染他的是这里的花明柳媚、春意盎然，不过也很快便化作了过眼云烟。

（十九）

新的一学期马上按部就班开始了。间或林像枫又参加了几场诗歌朗诵会——因为时值寒假期间，弟子们都不在身边，故而他只好单枪匹马出动，倒也慢慢跟诗人们混熟了，一时间把铁杆弟子们都抛到了脑后。结果有一天孟莉给他打电话，他才记起来跟徒儿们还有一场宝岛之约。

孟莉依旧用高八度的亮嗓热情洋溢地招呼道："师父！你寒假过得怎么样呀？不会忘了我们的约定吧？哈哈……"

"怎么会忘记呢？不过我当时就没敢答应啊，寒假我跑了三个地方招生呢！这不才回来嘛，马上又要开学了，还有好多事儿要准备呢！"

孟莉嘟噜着小嘴说道："师父一听就不诚心！过节我给你发微信还特别提醒过你呢，本来说是节前出发，因为台湾地区那边大学寒假放得晚，

朗 诵者·
LANG SONG ZHE

所以延迟到节后。你当时说只要有时间我们就一起结伴同行，现在你不是没事了吗？怎么说话又不算数啦?!"

林像枫一时颇为狼狈，他眼下这个关口确实没有兴趣也没有精力去台湾旅游，何况马上就要开学，无论如何学校的工作是不敢有丝毫怠慢的，免得一不小心被人抓小辫子。不过当初他接到孟莉微信时的确说过争取一路同行的话，过节收到的祝福微信实在太多，回得很匆忙，何况孟莉是自己的铁杆弟子，一时间不愿扫她的兴，所以顺口就答应下来，没想到此番却被弟子抓住语言上的小辫子了。

他只好打哈哈："孟莉徒儿，我过节是答应过你跟大家一起去玩儿，不过你也知道人在江湖身不由己嘛，万一又遇到台风什么的影响了正常上课，师父我又要经受好一番折腾。你知道我们这个奇葩学校啥奇葩事情都有可能发生，我当然不能掉以轻心对不？不像你们，反正大三下半学期了，请假啥的都不是问题，为师可不一样啊！"

"唉，师父说的也是，这几年你受的折腾太多了，以后也难得轻松——对了师父！你为啥没想过跳槽呢？以你的才能换个学校一样可以发挥才华，干吗非要把青春葬送在我们学校呢？如果开心当然没关系，可你除了跟我们在一起以外啥时候开心过呀？"

一席话正中林老师下怀，他何尝不做如是想，尤其这个寒假参加招生后，跳槽的念头简直就是板上钉钉，但时常又转念一想：自己就是这样的脾气性格，换个地方难道就不受小人的气了么？于是不由自主又懈怠下来，仿佛泄了气的皮球。他还没来得及倾诉胸中块垒，孟莉仿佛肚里的应声虫似的连珠炮一般说开了：

"师父，你不提我都要跟你提这事呢！我有个高中师妹，是电影学院表演系的，现在读大二，她爸跟我爸是一个单位的好哥们儿。前天我们两家一起聚餐，我提到我们搞的各种活动，尤其是那次娱乐晚会，我师妹当时那个羡慕啊，说：'我怎么就遇不到这样好的老师呢？'然后特地叮嘱我说，他们学校这段时间正在招聘有经验的老师，让我给你说有兴趣的话去试试看，还给了我个网址，上面有详细的招聘信息。我等下就发给你看下。师父，其实今天给你打电话主要就是这个目的，我早听说这个学校是西南地区最好的艺术大学，如果你能去那里工作一定可以发挥更多能量更大才能的！你一定要去试试啊！……"

林像枫三分心动五分激动八分感动：还是自己的弟子最了解自己、体贴自己、关心自己。虽然他乍听到"表演系"三个字时心中掠过一丝不信任的阴影，但一转念非其时非其地也就立刻释然了。只不过他毕竟在传媒大学待了十年，十年的生活一直是"学校—家"两点一线，对外面的世界无端充满一种莫名的恐惧感，总担心自己要么"高情不入时人眼，拍手凭他笑路旁"，要么遇到更歹毒更嫉贤妒能的小人作祟，要么被人拒而不见扫地出门颜面无存……结果这晚翻来覆去睡不着，好容易进入睡乡却又迎来一宿噩梦。

第二天他醒得很迟，不愿意起床，呆呆地念叨应聘的事，倏然灵光一闪：自己不是有个老朋友兰军在电影学院任教么？好多年未联系了，不知她近况如何？能否为自己做个引荐的伯乐呢？可是首先的问题是，既然失联多年，该找谁要个她的联系方式呢？

左思右想没辙，蓦然灵机一动：直接杀到学校去登门拜访好了，反正估计她的同事都认识她。这么一想，他高兴得从床上跳了起来。

开着车，听着王菲的《天空》——这是他最习以为常的减压方式，林像枫一路风驰电掣直奔电影学院。

电影学院相比传媒大学，就像历经沧桑的中年男人之于追风逐月的轻浮少年——充满年代感的古色古香的大门，落叶飘零的幽远小径，栅栏青藤密布，石阶苔纹斑驳……林像枫甚至能清晰地听见树荫隐蔽的长廊里传出的琅琅弦诵之声，多么似曾相识的景象，使他忆起带领吴迪们在人工湖边晨读的一幕。才几个月的时光，当时的一幕已如零落的花瓣，逐渐枯萎、蜷缩，在记忆中淡去了芬芳……

"这位老师，请问你找谁？"守门保安的询问将林像枫从记忆带回了现实。

"呃……我找兰军老师，请问她在吗？"

"哦，你找兰老师？我不清楚她在不在，你自己去办公大楼问吧！"保安一边说，一边升起遥控道闸为他放行。

林像枫未料到进入电影学院大门这么顺利，心里高兴不已，觉得这是一个好兆头。他哼着歌顺着路牌指示开到停车场，然后下车四顾，右前方

117

一箭之遥，一座颇有气魄的欧式建筑映入眼帘，心想这应该就是办公中枢了吧。信步拾级而上，走进玻璃大门，一个保安起身向他敬个礼，客气地问他有何公干，林像枫说找兰军老师，询问她在哪个办公室。保安迟疑一下，说兰军老师没有上班。林像枫吃惊地问她多久上班，保安说并不清楚，只记得她许久未来过办公室了。林像枫心里一阵发慌，正不知如何是好的时候，保安用手一指右边楼梯：

"您顺楼梯上二楼，左手边第一间就是学院行政办公室，直接问值班的老师好了，他们会告诉您详细情况的。"

林像枫一边上楼，一边感慨这里的人素质真好，保安连对陌生人都是客客气气、礼数周全的。不像在传媒大学，随时目睹钱校长的"御用锦衣卫"——这是学校里所有人对保安的谑称——对老师们一副颐指气使的倨傲之状。

来到办公室，见一个清秀的短发年轻女子正坐在电脑前打字。林像枫轻叩大门，等那年轻女子抬头，才开口问道："您好，抱歉，打搅了！我是兰军老师的朋友，想找她一下，听说她今天没有上班，特地来问一声，您能告诉我怎样可以找到她吗？"

年轻女子轻声回答说："兰军老师这两年都不在学校，到上海戏剧学院读研究生去了，明年毕业才回来上班。"

林像枫又是一阵心慌，想借机询问招聘的事，又期期艾艾难以出口，仿佛穷落之人向老友借钱度日的心理。那女子大概看出他的窘境和隐情，主动解围说："这样吧，您要是没有她联系方式的话，我给您一个她的手机号，您就方便联系了。"

林像枫赶紧道谢，记下手机号刚准备告退，年轻女子又问："这位老师——看您的样子应该是位老师吧——您找兰军老师有什么要紧事吗？"

"呃……"林像枫一时语塞，不知该不该告诉她，最后鼓起勇气说道，"兰军老师是我的老朋友，失去联系好久了，所以特意来探望她。另外，也听说你们这里在招聘专业教师，我也想问一下有什么具体要求……"

"哦，我们学校正在公开招聘有经验的专业教师。"年轻女子以一种洞悉隐情又理解包容不当面说破的神态嫣然一笑道。"就像兰军老师这样又有教学经验又有上进心的老师。您既然跟她是老朋友，那一定也是一位有专业水准的老师，应该符合我们学校的招聘要求。这样吧，您去人事处填张表格吧，这是我们学校应聘必经的程序。"

受到这样含蓄的鼓励，林像枫大为感动，羞涩腼腆、不自信、怕丢脸等所有负面情绪通通化为乌有了，怀着万分感激的心情连声道谢，刚走出门口又折返回来问道："抱歉，这位老师，请问您贵姓？"

或许是林像枫眼中透露的一种"或许我们未来是同事哦"的目光感染了年轻女子，她不由得笑出声来，款款说道："免贵姓林，你叫我小林好了。"

"什么，你姓林？哈哈……"林像枫也不由得笑出声来，"我也姓林，太巧了，谢谢你，林老师！"

"您别客气，林老师。人事处出门左拐，右手第四间办公室就是了，您找巫老师填表。"

"好的，再见！"

走到人事处门口，林像枫又下意识地停住了脚步，抬头注视着"人事处"的门牌暗自思忖，接着，他掏出手机拨打兰军的电话。

手机通了，可半晌无人接听。林像枫幽幽地叹一口气，一咬牙轻敲大门，然后径直进去，看见一个胖胖的小伙子正从厚厚一摞卷宗上抬起头来。

林像枫做了自我介绍，巫老师递给他一张表格。林像枫一行行认真填写了，唯独面对"原单位"一栏他有些犹豫，不知该填"××传媒大学"还是"××人民广播电台"，略一寻思还是写下了"××传媒大学"。

巫老师问了他几个简单的问题，告诉他等候面试通知，随即又把头埋进那一摞厚厚的卷宗中去了。

走到广场，阳光灿烂而和煦地送来春天的气息。他觉得神清气爽，心里暗暗感激年轻的林老师。他觉得她有些面善，似曾相识，不过想不起来在什么场合有过接触。大概她的长相酷肖某个熟人吧，他想。

这时电话响了，一看是兰军打来的，他心里颇为激动，赶紧接听了："喂，兰军，是你吗？"

一个浑厚的男中音用略带椒盐的普通话问道："你找兰军吗？请问你

119

哪位?"

"哦,我是她朋友,叫林像枫,请问您是……"

对方答非所问地说:"你打这个电话找她吧,号码是……"

"好的,请稍等,我拿支笔记一下——好,请说……"

林像枫正想道声谢谢,对方已经挂掉了,他苦笑一下,拨通了兰军电话。

兰军听说是林像枫,语气颇为惊愕:"是你呀林老师!好多年不见了,怎么想起今天给我打电话?"

林像枫哈哈一笑道:"老朋友,知道我找你的电话多费周折吗?……"然后一五一十说明了前因后果。

兰军爽朗地笑了:"哈哈哈……如果不是想跳槽,也不会这么大费周折联系我了!真是无事不登三宝殿哪!"

"老朋友说哪里话,我是那么现实的人吗?不过现在确实有难相投,你不会见死不救吧?哈哈!"

"林老师,你有啥难啊?上学期不是整了场娱乐晚会嘛,火得一塌糊涂,我羡慕都还羡慕不过来呢!"

"啊!这事儿你都知道?!"

"我虽然人在申城,却心存天府呢!哪天不关心我们艺术院校的动态呢?不过这事儿我一开始真不知道,是我老公在微信朋友圈看到后告诉我的。"

"你老公?啊,刚才把你电话给我的那个人就是你老公吧?!他是不是不喜欢男性朋友给你打电话呀?哈哈!"

"这话怎讲——"待兰军问明原委,再次爽朗地笑了,"呵呵,你可是误会他了!他是独立电影导演,片场很忙的,所以经常接不了电话,每次都是匆忙说几句就挂断,连对我都那样呢!当然我是知情人,所以很理解的,一般不了解的人就会误解,我就负责做善后安抚工作,所以也请你原谅啦!对了,你说你想跳槽,不是开玩笑吧?为啥呢?不是在传媒大学干得挺充实的吗?"

林像枫拣扼要的说,仍然耗费21分钟38秒59微秒。兰军耐心地静静聆听,不时回馈以轻叹。等像枫把一腔苦水吐完,她才若有所思地回答:

"这么多年你就过这样提心吊胆的日子，真是难为你了！为啥早没想过换个地方呢？"

"在一个地方待久了，有时候就容易习惯和麻木了。如果不是这次招生见到那些让人作呕的事，真的下不了跳槽的决心呢！……"

"嗯，理解理解！那就等这边面试通知吧！你说的那些奇葩遭遇至少在我们学校碰不到，这点你可以放心。你想，全世界所有国家的幸福指数还不一样呢，怎么可能所有学校的幸福指数就全一样呢？不过话又说回来，你们那个学校的情况也太那个啥了！什么都不按规则出牌，如果不是你告诉我，我连想都不敢想……还有待遇问题也跟我们听说的不一样，不是外界传说你们学校的课时费是整个西南三省最高的吗？"

林像枫苦笑，他想起了"别人家的大学"这一惊世骇俗之言，眼看这句话就要放之四海成为传世名言！兰军作为老朋友，主动允诺帮他关心招聘动态，还打算有机会在校领导面前表扬他的教学能力，林像枫自然感激不尽，临挂机的时候突然想起一事，赶紧追问："对了，今天在行政办公室遇到一个年轻女老师，跟我一个姓，就是她告诉我你——呃，不，你老公电话的，她叫什么名字呀？"

兰军"扑哧"一笑，林像枫一时大窘，心说不该问得这样直白，肯定要引发兰军的想象力了。不过听她回答的语气倒是云淡风轻："哦，她叫林岚，西北大学中文系研究生毕业，在学校工作五年了，人很有修养，跟同事们相处得也很好，前年我出来读研的时候她还是单身，这两年就不知道了……"

林像枫听得很认真，听到最后一句蓦然领悟兰军话语里潜藏的机关，连忙辩解："她是不是单身跟我有啥关系，我又没别的想法——"

兰军再次爽朗地大笑："林老师，我没说你有想法呀！那么紧张干吗？哈哈哈……"

林像枫将话头匆匆煞了尾，约定暑假见面聊。回家路上他心情大好，思忖面试时应该怎样应对，内心将想象中的面试过程演练了几十回；又想到也许要试讲，不知道会让自己试讲哪一门专业课；又一转念试讲任何一门语言类课程自己都不怵，担心的还是面试时领导提些古灵精怪的问题……这种百结之情像极了当年大学刚毕业参加招聘会，初次面对考官提问

朗诵者·
LANG SONG ZHE

121

时那种惶惑羞涩的心理；又好比登山攀岩，一只脚已经落地，另一只脚却还悬空——脱离江湖久了，江湖规矩已经全然陌生了，当然只好庸人自扰喽。

在《红楼梦》第二回《贾夫人仙逝扬州城，冷子兴演说荣国府》里，贾雨村对冷子兴视为"酒色之徒"的贾宝玉，有如下一大段说法："清明灵秀，天地之正气，仁者之所秉也；残忍乖僻，天地之邪气，恶者之所秉也。当今运隆祚永之朝，太平无为之世，清明灵秀之气所秉者，上至朝廷，下及草野，比比皆是。所余之秀气，漫无所归，遂为甘露，为和风，洽然溉及四海。彼残忍乖僻之邪气，不能荡溢于光天化日之中，遂凝结充塞于深沟大壑之内，偶因风荡，或被云摧，略有摇动感发之意，一丝半缕误而泄出者，偶值灵秀之气适过，正不容邪，邪复妒正，两不相下，亦如风水雷电，地中既遇，既不能消，又不能让，必至搏击掀发后始尽。故其气亦必赋人，发泄一尽始散。使男女偶秉此气而生者，在上则不能成仁人君子，下亦不能为大凶大恶。置之于万万人中，其聪俊灵秀之气，则在万万人之上；其乖僻邪谬不近人情之态，又在万万人之下。若生于公侯富贵之家，则为情痴情种；若生于诗书清贫之族，则为逸士高人；纵再偶生于薄祚寒门，断不能为走卒健仆，甘遭庸人驱制驾驭，必为奇优名倡……"林像枫自然是熟读《红楼梦》的，必定拥有一般艺术工作者惯常的自恋，但还不至于轻狂到比附贾宝玉的地步，只好常以"情痴情种""逸士高人"或"奇优名倡"暗暗自诩。不幸他生而为现代人，无缘成为上述三类人中的任何一种，所以注定只好做一个……"朗诵者"了！

脑子里突然冒出"朗诵者"三个字，林像枫自己都觉得好笑：这个时代需要"朗诵者"干什么？上不能安邦定国，中不能经世济民，下不能养家糊口。如果是卖弄文字技巧，诌几句歪诗俗话至少还可以下饭供酒呢。朗诵固然也可以被视作阳春白雪，却只能供一小群爱好者自得其乐，除此以外还有何用？除了玩票依然只能玩票，仿佛文房清供可以摩挲把玩，却于生计前途百无一用一样。尤其是他参加各类诗歌朗诵活动多了，就愈觉得这种活动简直如同鸡肋，不参加会失落，参加了无意义。况且在很多诗人眼中，朗诵者不过是落魄戏子而已，把自己创作的精美珠玉交给他们诵读，是大大抬举了这班戏子——他们口中不言，林像枫却不止一次从他们眼中看出这种倨傲之情，故而失落之感倍增，觉得自己视为生命的朗诵艺术在别人眼中不过是"木铎"而已（这是林像枫发自内心的感慨，因为孔夫子在落魄的时候别人就是这么评价他的）。

本以为登门应聘之后，很快电影学院就会通知他参加面试的，不料左等右等，大半个月过去了，却从未接到来自电影学院的任何通知。林像枫心急如焚，却无可奈何，只好暂且按捺下心性，老老实实回传媒大学讲播音课。不过思想的闸门一旦打开，就像脱缰的野马狂野奔腾，任谁也无法阻挡。他百思无计，只好给兰军打电话求助。

兰军说，现今学院面临大发展，需要招聘的老师数量多，人事处工作量很大，何况新学期已经开学，无法给新进老师排课，所以索性把面试延迟到本学期期末，目前且少安毋躁，耐心等候通知，既然已经填写了应聘表格，总不会连面试的机会都不会给的，这一点大可放心，只是好事多磨，皇天总会不负有心人的。如此林像枫释然了，尽管内心还是颇为急迫。另外他也想早日再见林岚，一直觉得她的神情气质像极了一个人，但林像枫搜索枯肠，总也想不起这个人是谁。

好在忧心如焚的日子并未持续多久。五一节后，林像枫终于收到了电影学院的短信，通知他本周五上午9点在学院大会议室参加面试。

恰好也就在林像枫牵肠挂肚等待面试通知的日子里，一个大快人心的消息传来：在招生考场上公然向考生索贿的牛老师被通报批评，开除出校了；磊爷和宋允强也因为连带责任不再担任系领导职务，磊爷现在身份变成顾问，宋允强则调到就业办担任秘书。

林像枫与牛老师并无私人纠葛，只是牛老师仗着磊爷的势公然违纪却又安然无恙一事令他愤愤不平，觉得文艺界毫无公德正义可言，自己的蹭蹬遭遇加倍了这种愤世嫉俗之情。如今忽然听闻牛老师终于恶有恶报，不由感喟天网恢恢，何况一想到威风八面的磊爷也有被主持正义的领导杀去威风的时候，心内更是大为畅快。等到他后来得知此事是范春东老师向教育领导举报的结果，敬佩之情简直无以复加了。

（二十）

这天，林像枫一大早起来装扮，从不喜欢西装革履的他这次特意把衬衫熨得笔挺，把皮鞋擦得锃亮，把头发梳得服帖，这才飘然出门，直奔电影学院。

因为熟悉了路径，所以很顺利地找到了大会议室，偌大的房间里坐满了人，一望而知尽为稻粱之谋而辐辏于此。林像枫刚在沙发上坐下，通往隔壁的门忽然打开，有人探头出来问："林像枫老师到了吗？"

林像枫见问话的人正是胖胖的小巫，连忙回应道："我已经到了，在这儿呢！"小巫用手一招道："好的，您请进来吧！"然后把头缩回去了，就像上次埋进厚厚的卷宗里一样。

林像枫进门一看，原来里面另有一间小会议室，上首坐了一男一女，他猜想这就是二位正副院长了。侍坐的人围成一圈，想来应是各级系主任、处长等中层干部。林岚也坐在下首，林像枫一时心跳有些加快，想对她用目光打个招呼，但见她并未正眼看自己，而是低头写着什么，只好罢了。小巫鹄立在一旁，招呼他入座，正对二位院长。

正院长开言道："你是林像枫老师，对吗？好，我看你的应聘表格上写到你以前的单位，是××传媒大学播音主持系，据你们传媒大学说你们目前是全国顶尖的艺术大学，你为什么要想离开那儿来到我们学校讲课呢？"

"因为我觉得传媒大学的教学理念跟我对艺术教学的理解出入太大……"林像枫一边回答院长问话，一边偷眼瞧林岚的反应，却见她镇定自若，正襟危坐，眼光丝毫也不往自己这边偏移，只好定一定神，继续畅所欲言，"我个人一直认为语言艺术发展到今天，传统的新闻播音已经成为强弩之末，今天的语言艺术早已经成为节目主持艺术的天下，可是传媒大学播音系依旧把新闻播音视作主要的甚至是唯一的教学内容，这一点我自己非常不认同。传媒大学是不是最好的艺术大学我没有资格来评价，至少教学方式和内容我完全不赞同，我个人也提出过对教学安排的意见和建议，可是完全不被采纳，所以我想到贵校来工作，因为我认为我对语言的理解跟电影学院是有共鸣的。"

女院长这时发问："我看你的个人简介上说，你自从电台离职后，在传媒大学工作了整整十年。既然你认为你跟我们电影学院的教学理念有共鸣，那为什么没有早点想过到我们学院来工作呢？"

林像枫冷不丁被这么一问，一时语塞，这时林岚忽然抬起头来，一双慧眼灼灼地看着他。林像枫心里一激灵，朗声应道："我因为工作关系，一直对专业非常热爱，离开电台到艺术院校工作也是为了培养下一代语言专业人才，实现自己的理想。之前我的启蒙恩师推荐我到传媒大学就职，因为这个原因，所以无缘来电影学院工作了。在传媒大学的十年里，我给学生教过配音，却被系主任以'播音学生学配音是不务正业'为由，让我坐了好几年的冷板凳。后来我自费带学生参加第六届海峡两岸主持人大赛，取得了二、三等奖各一名的好成绩，这样学校才认可了我的教学能力。再后来我又带头举办了学校第一届综艺娱乐大型晚会。十年来的遭遇使我懂得了一点，那就是：我自认为处处在做创新之事，可从来没有机会在教学改革上参与哪怕一点点的创新，所以请院长原谅我说句狂妄的话：我觉得我的生命价值没能得到发挥，十年的这种……呃，蛰伏生涯吧！锻炼了我的工作能力，却在原单位无用武之地……"

正院长打断了他的话匣子："你的工作能力我们可以通过教学实践来检验，不必在这儿多介绍了。如果你有机会来我们这里讲课，你认为哪一类课程最能发挥你的教学能力？"

林像枫毫不犹豫地回答："朗诵和配音。"

女院长说："请说一下你对朗诵和配音的理解。"

这时林岚又抬起头来——她之前一直在认真地写着什么，大概是在做记录工作——目光依旧灼灼，林像枫受到鼓舞，再次侃侃而谈："这几年我参加了很多场我们本土诗人举办的原创诗朗诵会，最大的感受是：诗人们并不懂朗诵专业，但对于朗诵的好坏，他们却拥有最充分的发言权。很简单的一点：他们希望朗诵者用真情去动人，而不是一味拿腔拿调，字正腔圆，四平八稳。尤其作为语言的二度创作，诗人们首先希望朗诵者能表达他们的内心，甚至他们内心渴望表达的一种抽象的生活感受。这种感受他们自己也说不出，却寄希望于朗诵者能通过语气和情感赋予他们的诗篇以更多的想象力和艺术张力……"

女院长打断说："你说得很精彩，不过时间有限，问你最后一个问题：你愿意成为我们学校的全职教师吗？"

林像枫犹豫了一下，回答说："可以。"

正院长面露不快之色："什么？可以？"言下之意是：难道你是世外高

朗
诵者·
LANG SONG ZHE

人，还要等我们用八抬大轿来抬你出山不成？

林像枫慌忙回应："不，是愿意，很愿意，只要学院给我机会，我愿意成为你们的专职教师。"

这时正副院长交头接耳几句，随即正院长问左右的中层领导们："你们还有什么问题要问吗？朱主任，你问几句吧！"

林像枫猜想这一定是播音主持系的系主任。果然，朱主任用标准的普通话问道："林老师，你以前上过关于朗诵和配音方面的课程吗？"

"上过，在传媒大学十年我什么课都上过，朗诵和配音接触得最多，也最熟悉，自己也配过几百集电视剧和电影。"

朱主任点头，目视二位院长。正院长说："面试就到这里，林老师你准备一下，我们要组织试讲，试讲通过才有可能被我们学校录用。"

林像枫本能地说声"谢谢"，起身欲走，不经意地一看林岚，只见她微微一笑，又把头低下去了。

刚走出大门，小巫追出来喊住他，说："林老师，我们把试讲时间安排好了就提前通知你，请你准备好要讲的内容。"

林像枫问："我讲什么内容，就我刚才说的朗诵或者配音吗？"

"对，时间有限，只有20分钟，你选其中一个讲吧！要不你干脆就讲配音，这门课讲的人很少。"

"好的，谢谢！"林像枫觉得这是小巫对他的关照，追根溯源或许是林岚出的力也说不定呢。

打电话把今天的应聘情况一五一十告诉了兰军，兰军听完笑道："林老师，这下你可以放心了吧？一般过了面试，只要学校方面答应给你试讲机会，那就离成功近在咫尺了，而你的讲课能力我可是一百万分信任的，一定可以征服院系领导！"

"哈哈，这可是托你的福，老朋友！要没有你出谋划策，加油打气，哪儿能这么顺利呢？等你暑假回来我要请你跟你家先生一起吃饭啊！"

"别那么客气，也许你托了你们林家人的福，一家人总是团结互助的嘛，哈哈！回来我们聚，再见！"

林像枫一错愕，兰军已挂了电话，他方悟出弦外之音。哎，女同胞的第六感怎么那么厉害？"林家人"，不是指林岚还会是指谁呢？自己还没跟她说到林岚担任记录的事，她的天眼似乎把今天会议室的一切都看得无比清楚了！莫非她有读心术，能够看出自己对林岚有一种莫名的好感？但也只是普通的好感而已，未来能不能有交往都还说不清呢！不过今天面试效果不错，如果试讲没有马失前蹄的话，加盟电影学院应该就是板上钉钉的事，这样跟林岚就真成为同事了，以后没准交往机会很多也难说……林像枫胡思乱想着。

新的一周林像枫心情上佳，连以前自己最不感冒的播音课都讲得格外有声有色。他一想到自己有希望脱离苦海，跨越迷津，就觉得过去的所有委屈、磨难、痛苦等都成为造物主磨砺他意志和能力的试金石了。但他心里很明白，越是关键时刻，越要沉得住气，要是拼命奔跑华丽跌倒，那可就前功尽弃了。因此他虽然喜形于色，却不对身边的人吐露只言片语，甚至对艺洲和吕鹏飞也仅仅只做表面的暗示。这俩铁杆弟子经常催他搞活动，他都一笑置之。

可是造化往往弄人，当他做好一切试讲准备，觉得自己状态上佳的时候，偏偏左等右等迟迟不见通知。眼看一个月时光过去，期末考试都临近了，仍然未接到试讲的消息。他心里又纳闷又焦躁，不过因为之前有过面试经验，内心还是有底气的，心想大不了放暑假再试讲，安心先把这学期平安度过吧，免得"晚节不保"。

就在六月的最后一周，电影学院教务办给他打电话了，开门见山问他下学期哪几天可以排课。林像枫大惊，不是还没试讲吗，怎么就直接排课了？对方回答说，因为他是有经验的老资历教师，学院领导经过讨论，免除试讲，直接录用，目前属于兼职教师。

话说张艺洲这个寒假约着吴迪、孟莉等去了台湾，见识了台湾地区的娱乐文化业，觉得大开了眼界，有很多心得想跟恩师分享。不料这个学期难得见到林老师，偶或一见他也是匆匆忙忙，似乎无暇他顾的样子，觉得很是奇怪。他和吕鹏飞说起这事，俩人心里都有猜疑，觉得林老师定是心生去意，甚至或许已找到新东家，故而再也无心恋旧巢了。吕鹏飞跟林老师相处不多，以前只是单纯的膜拜，但几次深夜长谈后，这种仰慕之情已呈几何倍数增长，如今眼见得偶像渐行渐远，不由得也心里发急。两人合计着邀约林老师再来一次深夜长谈，但每次抛出橄榄枝得到的却是模棱两可的回应，像一根轻柔的鸽子羽毛。

艺洲现在颇为怀念上个学期那激情燃烧的岁月。"人事有代谢，往来成古今"，才过了一个寒假，当初的团队就风流云散了！吴迪、孟莉、徐鑫们都提前办好了实习手续，早早地就离校了，似乎心有灵犀一般，因为按正常程序，他们还应该上完大三下学期的课才能实习，可是却对这宝贵的最后聚首时光无动于衷，留下自己每天过朝九晚五、两点一线的单调生活。海峡两岸主持人大赛、广播剧、诗歌朗诵会、综艺娱乐晚会……为何这一切像狂风一样席卷一切记忆而去，竟不做丝毫的停留？吕鹏飞这个热心的小师弟论人是很可爱的，不过毕竟没有跟艺洲一起经历大赛的磨砺，也就不算得到了林老师的真传。艺洲又为人谦逊、性格低调，从来喜欢跟比自己年长的人接触，好在学业上、见识上更加进步。虽然主持人大赛获得佳绩，广播剧录制颇受好评，她也丝毫未觉得自己臻于"独孤求败"之化境，反而认为人外有人、天外有天，处事学艺更加谦逊，希望通过更多的比赛、活动锻炼综合能力和心理素质。可惜现在连跟林老师、吴迪、孟莉们促膝谈心都成了奢望，如何心里会不难过遗憾呢？

有一天艺洲抱着打破闷葫芦的心态，找孟莉微信聊天。孟莉眼下正在家乡电视台实习，主持一档旅游节目，每天忙得不可开交，跟徐鑫也因为工作原因逐渐有些疏远了。俩人原来打算到同一个单位实习，可孟莉家的关系只能在电视台解决一个实习名额，孟莉本想把这个机会让给徐鑫，可一来自家人不同意，二来徐鑫的父母也在家乡一家杂志社给儿子做了安排，一来二去，徐鑫暂时只好回家乡上班，这样两人就变成异地恋了，最初说好见各自家长的设想自然也化为了泡影。

俗语云："距离产生美。"可产生美的前提必定是初恋，如果过了热恋期，加之二人已有同居史，距离就只会摧残美。现在徐鑫与孟莉就处于这样不尴不尬的局面：明明觉得彼此很疏远，却又有一根无形的线让二人藕断丝连；明明觉得二人还是恋人关系，但水晶般的爱情大厦随时有坍塌破碎的可能。何况距离一远，各种诱惑就纷至沓来：先说孟莉，到电视台上班第一个月，就有两三个年轻记者围着她大献殷勤，制片和办公室主任也对她关爱有加，孟莉心里明白，矜持地保持距离，可有时也难免心旌摇曳，不过她努力自我克制；再说徐鑫，本身就能说会道善于讨女孩子欢心，现在跟孟莉耳鬓厮磨久了早已心生倦意，何况同居的时候就摩擦不断，现在孟莉不在身旁正好乐得自在，每天都跟几个一起实习的小妹眉来眼去、打情骂俏的，只是暂时"万花丛里过，片叶不沾身"罢了。孟莉对徐鑫随时有猜疑，徐鑫对孟莉也不能放心，但彼此不在眼前，既无对方把柄，又眼不见为净。

艺洲找孟莉聊天时，孟莉正是这样一种既忙乱又纠结的状态。

其实艺洲心里又何尝平静呢？这个寒假去台湾，谢秉林瞅个机会向她当面表白了爱慕情愫，而且表示如果艺洲能接受自己，他就决心来大陆发展。艺洲心里又是慌乱又是别扭，当然也含有些许的感动，但还是委婉地拒绝了，毕竟跟台湾人谈恋爱，自己打心眼里没想过，而且卜居孔孟之乡的父母也绝对不会同意。

于是两人微信聊天的时候，孟莉开门见山跟她开谢秉林的玩笑，把艺洲弄得又害臊又尴尬。因为孟莉无心的玩笑却于艺洲是无可置疑的事实，这让她的辩解格外苍白无力。好在两人打趣几句后，话题很快转移到了林老师身上。

艺洲觉得林老师多半是因为孟莉、吴迪两大掌舵弟子不在，因此才无心开展任何活动，或许上学期透支了他太多精力，所以这学期正好消停一下，不过这变化也太大了吧？彻头彻尾换了个人，之前是积极进取的信陵君魏无忌，忽而就变成不为五斗米折腰的隐士陶渊明了！何况这完全不像知难而进、视艺术为生命的林老师的性格呀？！

孟莉犹豫一下，然后一五一十把原委告诉了艺洲，叮嘱她一定保密，千万别坏了林老师的好事。

艺洲却错愕了，最坏的猜测果然成为现实了：好事？最有才华的林老师要走，这怎么会是好事呢？对于莘莘学子，这不啻为一场灾难吧！这样的好老师，大家想留还留不住，干吗孟莉还带头把他往外推呢？

孟莉劝慰道："师妹，你也知道林老师这些年在学校没少受委屈，我们学校实在不适合他长期发展。这次机会很好，如果错失了，不知道他又要在我们这里屈才多久了！"

"可是林老师真要走了，我们这些学生怎么办？我们办的晚会、参加录制的广播剧，还有海峡两岸主持人大赛，不是林老师带我们，哪能取得好成绩呢？他走了，我们该怎么办？！"艺洲说到伤心处，忍不住呜咽起来。

孟莉赶紧解劝："别难过，艺洲，林老师并不会马上就走得干干净净的，他现在暂时去兼职，我们学校他还要上课的，只是课比以前上得少了，但他并没有丢下你们不管啊！"

"现在这种情况，跟丢下我们不管又有什么区别呢？我们这个学期啥活动也没整，我跟吕鹏飞他们都快憋死了，林老师也不大理睬我们，原来是因为这样……"艺洲忍不住又抽噎起来。

"艺洲，不光是因为这样，还因为我们几个也不在学校。如果老吴在，起码可以拉动朗诵团一起搞点朗诵活动。你也知道林老师早就不是朗诵团的指导老师了，现在的团长又只听宋允强的话，他手头没人，怎么搞活动呢？再说上学期他那么累，这学期也该好好休息下嘛！"

经孟莉好说歹说、左劝右劝，艺洲才渐渐释然了。孟莉说自己期末要回学校参加考试，到时候吴迪也要回来，大家跟林老师好好聚一下。艺洲这才想到问起吴迪师兄的近况，孟莉说："他在北京呢，听说挺忙的，我也不知道具体怎么样，反正跟他的几个发小一起做影视公司呢，压力蛮大的。你知道我也特别忙，所以没怎么跟他细聊过，到时候见面就知道了。"

眼下正是"绿槐高柳咽新蝉"的盛夏天气，每天骄阳胜火，室外如浴桑拿，屋内似坐蒸笼。艺洲本想跟吕鹏飞一起约林老师喝冷饮，想想林老师现在的心境，觉得还是等吴师兄和孟师姐们回来比较好。她反复思忖，决定暂时不把林老师的隐情告诉吕鹏飞，免得一不小心泄露让林老师前功尽弃。她现在后悔自己太过自私，不该只考虑自己的需求而不体贴恩师的处境，毕竟"铁打的营盘流水的兵"——对自己来说，四年大学时光转瞬即逝，跳出樊笼便可以海阔天空，可林老师就没自己这么自由了，除了继续画地为牢做苦行僧外，很难遇到合适的伯乐为他高筑黄金台……她想到这里，内心一阵酸楚，情绪一番内疚。

考试前一周，吴迪先风尘仆仆地回来了。艺洲见到他颇为吃惊：外表清瘦了不少，肤色也黑了，看得出来在北京的烈日和暴雨下没有少奔波。不过他的精神却格外饱满，丝毫不见心力交瘁、前途渺茫的怅惘之情，可见天从人愿，干到了自己喜爱的事业，再劳累辛苦也就很值得了！艺洲一时颇为羡慕，很想马上就毕业，跟随吴师兄的步伐，也做一番事业，艺术大学的生涯就算没有虚掷了！

两人数月不见，分外亲热，互叙别后契阔，彼此感喟年华似水。吴迪说："我刚上大一的时候，觉得时间过得好慢，当时想：大学几年我该怎么过呢？以后做什么工作，自己既喜欢又能挣钱呢？没想到三年时光一下子就飞过去了，还有一年我就要毕业了！其实现在特别怀念大二的时候，那时每天都折腾朗诵团，然后参加齐越节，觉得生活又忙碌又充实又充满乐趣，林老师对我的帮助简直太大了，一辈子的恩师啊！"

两人的话题自然而然转到了林老师身上。艺洲相信吴迪一定知道林老师的动态，不必对他遮遮掩掩，于是开门见山问他对林老师要跳槽这件事有什么看法。

吴迪叹口气说："孟莉给我提了这个事，我当时第一反应就是难过，然后替林老师高兴——他终于可以脱离苦海了！你比我低一年级，有很多东西没有亲眼看见，你不知道就一个齐越朗诵节，林老师就遇到了多少不公平的对待！而且，他的才能在我们这个……呃，重视经济效益超过社会效益的地方，很多时候得不到发挥的余地。知道我们学校的特点是什么吗？哈哈，我刚去北京的时候，有朋友问我这个问题，我当时一时没明白对方葫芦里卖的什么药，老老实实地说是世界最大的艺术大学啊。对方这才笑着说我们学校的特色就是校长的姓，我一下子反应过来了，不就是一个'钱'字吗？当时真是哭笑不得，但也没法改变在别人心中留下的印象，你说是不？所以走上社会才知道口碑的重要性，以前在学校的时候光听着我们自吹自擂了，觉得学校真好，出去了才知道当局者迷，所以林老师如果选择了要走，一定是因为别的学校比这里更公平，更能发挥他的才华，我们作为他的铁杆弟子，应该替他高兴才对呀！"

一席话说得艺洲又是惭愧又是感动，她红着脸给吴迪说了跟孟莉微信聊天的经过。

吴迪大度地表示理解："林老师要走，换谁不遗憾呢？只有那些嫉妒他才华和能力的人才拍手叫好呢，比方说你知道的那些人——"吴迪朝办公室方向一努嘴，"只要是他教过的学生应该都难过，所以他才对这件事讳莫如深啊！对于我们做学生的来说，就像《匆匆那年》的歌词说的一样：'可惜谁有没有，爱过不是一场七情上面的雄辩……'雄辩结束我们毕业了，一走了之了，成为过客了！可对于林老师呢？他陷在这种温水煮青蛙的地方，久而久之是一种什么心情，你能设想吗？我作为他的小弟，衷心希望他早点走，赶快走，越快越好！"

"哎呀，师兄，你真是……"艺洲双眼泪光盈盈，她觉得奇怪，自己从来不是多愁善感的小姑娘呀，为何近来变得格外脆弱了？或许内心对林老师的遭遇最近能够感同身受，故而才特别容易忧郁伤感吧?!

又过了几天，孟莉回来了。她比以前性格更加豁达开朗，和老朋友们大聊特聊工作中的许多趣事，把所有人逗弄得前仰后合。艺洲见孟莉独自回归，觉得好奇，问孟莉："徐鑫哥怎么没跟你一起回来？"孟莉不由得脸一红，搪塞道："他工作忙，走不开，这次期末就不回来考试了。""那孟莉姐你岂不是要孤单了？哈哈，他的成绩怎么办呢？""办了下学期的缓考。"

等到单独在一起的时候，孟莉才悄声对艺洲道："艺洲，给你说个事，你听了也别吃惊，以后当大伙儿的面别提徐鑫，我跟他……"

"你们俩分手了？"艺洲见孟莉支支吾吾，大为惊讶。

"没分手……"

"噢，吓了我一跳！没分手有啥不好说的？"

"怎么给你说呢……我们俩是没分手，不过现在的情况，跟分手了也差不多。"

"啥意思呀？我怎么越听越糊涂……"

"其实我们俩眼下是这么一个不尴不尬的状况……"孟莉拣扼要的情况说了下。

艺洲大概有些明白了："哦……你们俩简直把人搞得晕头转向的，不能一直这样下去吧？"

"唉，我当然知道不能一直这样下去，不过又不愿意马上分手，我们在一起毕竟快三年了，但现在我在我家实习，他在他家上班，我随时会遇到有人追求我，难道他就不会遇到让他心动的人吗？这个年代的爱情哪儿有天长地久的呢？所以我们俩的未来——"孟莉咬咬嘴唇，"我自己一点也不看好。"

"孟莉姐你别这样想吧！你自己都对你们的未来没信心，那，那叫我们怎么给你们信心呢?"

"不是有信心没信心的问题，是我觉得徐鑫根本不适合我。"

"以前不是挺好的吗? 为啥现在突然觉得不适合了?"

"其实从来就没适合过，真的，不要以为我是变了心，就像徐鑫现在也不一定变了心，但变的是我俩的处境，处境变了就什么都变了。现在就看我们俩以什么样的方式分手，还有谁先提分手。"

"没这么悲观吧，孟莉姐。只要你珍惜这份感情，有什么坎儿是迈不过去的呢?"

"也不是悲观不悲观的问题，我太累了，你知道吗? 三年来，我又当恋人又当姐姐，就是没当过真正受宠的美羊羊。哪个女孩子不想被男朋友捧在手心里疼呢? 可你见过徐鑫疼我吗?"

艺洲语塞，她记起了在泉州参加主持人大赛的时候，谢秉林对来例假的她呵护有加，徐鑫对孟莉却除了不闻不问就是冷嘲热讽，而且也亲眼见到有好几次，徐鑫跟孟莉赌气的时候，都是孟莉主动找他和好，这样说来两人的身份的确颠倒了。

这时孟莉又说:"还有一点——我觉得我俩一直缺乏共同语言，他对专业一点也不喜欢，成天就知道去玩拍摄做后期。你想，既然选择了播音主持专业，就应该对语言充满热爱才对，要不然你干吗不到编导系去呢? 可他从来不管这些，上专业课也一点都不积极，但是看到别人取得了好成绩，心里又不平衡，每次都为这种事跟他闹不愉快，真要把人累死了，唉!"

艺洲虽然爱情经验基本是白纸一张，但人情世故却很通达，听见孟莉这样说，已明白二人的三观有很大差距，强扭在一块儿的瓜的确不会甜，所以她只好随口拣好听的话安慰几句。

因为忙于应付期末考试，所以几大弟子跟林老师的聚餐只好安排到考试结束后。林像枫每见校园里一派熙熙攘攘的忙碌景象，心中便不免涌起几分依依惜别之意。在这里毕竟一待就是十年，如今终于迈出了潜龙腾渊的一步，尽管来之不易，但他心里明白这一飞腾从此应该就高翔远翥不复回眸了。十年来在传媒大学的校园里，春看花柳明媚，夏睹风荷出水，秋览杏叶金黄，冬羡寒梅窈窕，朝夕相伴的烟霞胜景转瞬间化作了野马尘埃，内心如何不涌起一丝别离的轻愁呢？他忽然想起一首唐诗：

"客舍并州已十霜，归心日夜忆咸阳。无端更渡桑干水，却望并州是故乡。"

林像枫自己都觉得好笑——曾几何时，每天在心里诅咒这儿是地狱，磊爷和宋允强就像罗刹鬼，面目狰狞，用心歹毒，如今面临着诀别，却忽然觉得此地也有可爱之处，甚至磊爷和宋允强等也不像昔日那样面目可憎了，而且特别凑巧的是，这些曾经不共戴天的对头似乎在冥冥之中感觉到他要羽化而去一般，最近没有跟他有一星半点的为难。虽然他自己后来也明白：因为本学期他"清静无为"，不在专业上跟磊爷较劲，也不搞任何艺术活动，自然也就不会触着磊爷或者其他上级的逆鳞。大家见到一向棱角分明的林像枫突然变得安静柔顺，还以为他定是江郎才尽，或者看破红尘淡泊明志了，何曾想到从来枯守藩篱的林像枫也会再辟蹊径、别寻出路、另谋高就呢？

一个周末的晚上，天热得仿佛天公吃多了红油火锅，连呼出的气息都带着火辣的味道。师徒五人当天就约好到夜市吃烧烤。吕鹏飞跟吴迪先到，一会儿孟莉与张艺洲也款款而至。林像枫打电话说还有些事情耽搁，晚一点到。四人先点了冷饮和冻啤酒去暑。几杯冻啤酒下肚，全身清爽了许多。这时林像枫来了，歉意地说系里突然开个紧急会议，内容是某卫视的主持人大赛，时间在八月份暑假期间，系里要求林像枫来挑这个指导老师的大梁。

几个弟子听了，颇为瞠目结舌：系里——也就是磊爷与宋允强的小团体——不是一直对师父不爽吗？如今在他已经准备潇洒离去的时候，却突然要交付重担给他，怎么会有这么巧的事？莫非是要故意折腾他不成？

林像枫看出弟子们的想法，微笑着打消他们的顾虑："是这么回事，这次搞的这个主持人比赛，内容全是娱乐主持。如果这次比赛咱们系的同学能取得好成绩，那咱们学校可就在全国都火了。上学期咱们搞的娱乐晚会不是比较成功嘛，结果半年后的今天意外结出来一朵奇葩——钱校长指名道姓要我来牵头，磊爷他们这次似乎也觉得目前情况下我是不二之选。刚才通知我紧急开会就是说这事，钱校长还亲自过来主持。"

吴迪先端起酒杯："不管怎么说，林老师的才能都是大家有目共睹的，是金子总要发光的，对不对？这次学校终于认识到了林老师的价值，祝贺林老师！来，这杯我们大家一起干了！"

同样的觥筹交错，同样的欢声笑语，同样的美食琳琅，可不一样的是：跟弟子们是酒逢知己，招生时更多是逢场作戏。林像枫端起酒杯，对孟莉说："孟莉，这次为师要好好谢谢你。你们都知道，如果不是孟莉给我提供信息，我是不可能在电影学院应聘成功的，我要先敬你一杯！"

孟莉赶紧端起酒杯："师父，你说哪里去了？我能给师父帮点忙，太荣幸了！师父，这杯我敬你，祝你宏图大展，前程似锦！干！"

两人一饮而尽。这时林像枫对大家笑道："从来'前程似锦''心想事成'这样的祝福都是我送给你们的，今天师父得到徒弟们的祝福了，看来我的二次就业肯定有希望！哈哈！"

艺洲以前从不喝酒，今天也端起酒杯："师父，当初听到你要走，我整个人都不好了。我当时很想不通，为啥你要抛下我们。后来我明白了师父的苦衷，知道你要在学校继续待下去才华真的会被埋没。我祝师父以后的工作、生活都开开心心，也祝师父能找到一个发挥自己才华的好环境！但我心里还是很舍不得师父走的……"

"艺洲，你的心情我知道，你看我现在不还没走吗？这次去电影学院也只是暂时兼职，至于未来怎么发展，也只好走一步看一步喽！但不管怎么样，就算我以后完全离开了学校，这次的主持人大赛我也会站好最后一班岗的，放心吧，艺洲！这次比赛吴迪和孟莉不一定有时间参加，但你跟鹏飞是一定要参加的，我们争取保持海峡两岸主持人大赛的势头，希望这次比赛能够取得更棒的成绩！"

吕鹏飞正端着杯子要给林老师敬酒呢，这时赶紧接上话头："师父——师兄师姐们都这么叫你，我以后也这么叫了啊！——师父，这次的比赛我一定会尽全力准备的，你放心，一定不给师父丢脸！师父，你以后到了新的环境，不要忘记我们这些曾经跟你一个战壕同甘共苦的亲弟子，以后学习上、专业上有啥不懂的，我们要继续向您求教，另外，还要祝师父到了新的环境，能够找到一个好师娘，因为，那边的学生不一定像我们几个这样关心你……"

林像枫不由脸上一红，一方面是感动，一方面是被不经意道破隐情。他赶紧端起酒杯："谢谢徒儿们的关爱和祝福，未来的我不管在哪里，我们师徒的友情不变，初心不变，梦想不变！来，干杯！"

酒过三巡，谈兴渐入佳境。这时林像枫问起孟莉，徐鑫为啥没回来。

孟莉支吾着说："他……他那边工作忙，走不开。"

"工作忙连期末考试也不管了吗？再说你难道工作不忙？吴迪难道工作不忙？这不是理由吧！至少你回来了，他怎么也该回来一下，不至于几天假都请不了吧。再说他还没毕业呢，学校的规矩还得遵守啊！"

艺洲一面赶紧圆场说："师父，你批评得对，明天我们就给徐鑫打电话，让他马上回来——"一面给孟莉使眼色。

吴迪这时感慨道："如果不是因为工作，这次的比赛我一定参加。上学期还在想齐越朗诵节的事，没想到才半年，什么比赛呀、活动呀的事情就离我好远了！真的好怀念我们精彩的大学生活，怀念我们跟林老师一起拼搏的日子，那段时间我觉得比高中三年还忙碌、还充实，就是过得太快了！林老师，还记得我们一起在人工湖边朗诵《岳阳楼记》不？后来我进了齐越节的决赛，所有细节我都记得清清楚楚，好像就发生在昨天呢！哈哈！"

"是啊，后来我们大家那个热情，就乘着你拿到三等奖的东风越飞越高了！对我自己来说，之前好长一段时间都很压抑，很颓废，后来跟大家一起，所有的青春活力全部都恢复了！那段时间也真神奇，不知道哪儿来那么好的精力，可以通宵不睡觉排节目、练朗诵，遇到再大的困难都不怕，换到现在我都不一定有这么旺盛的斗志了！其实我还有一个计划没有完成呢，也只好等你们毕业的时候再来完成了。"

"师父，什么计划呀？"几个人异口同声地问。

"最近有个要好的同事跟我聊天，说我们这几年做的艺术活动很多，如果不用视频的形式保存记录下来就太可惜了。他建议我们拍一部微电影，就以我们的朗诵和主持活动为主题，我们自拍、自导、自演，一定是一部有意义也有看点的好作品。我想你们毕业的时候要拍摄毕业作品，完全可以考虑这个题材。对吧，吴迪？"

"林老师，这是个好主意呀！前几天我们班主任召集全班开会，特地说到毕业作品的事，我还正在发愁拍什么东西好呢。这下既有现成的题材，又是我们自己的故事，太棒啦！哈哈！孟莉，就咱们几个一起合作拍吧！"

"好呀！师父的创意怎么能有你没我呢？嘻嘻……"

"那就这么一言为定！艺洲和鹏飞也来帮忙哦！等以后你们毕业的时候就拍续集好了！哈哈哈……"

"那是必须的，师父的作品怎么能没有我们俩参与呢？是不，师弟？"艺洲说，"我还给咱们这部微电影想了个名字，就叫《朗诵者》！师父你们觉得怎样？"

林像枫惊愕不已，艺洲真是心有灵犀，跟自己想得不差毫厘呢！正想开口，吕鹏飞先问道："艺洲姐，为啥要取名《朗诵者》呢？最近不是流行"朗读者"的提法吗？直接叫《朗读者》不更好吗？"

艺洲未及答话，孟莉快人快语抢过话头："吕鹏飞，这太鹦鹉学舌了！咱们应该有自己的创意，我就觉得《朗诵者》好！因为我们这一两年做的事情都跟朗诵有关。朗诵可是高大上的艺术创造，朗读就像是小学生读课文，再说人家已经用过这个名字了，干吗咱们要做翻唱的事呢？原唱不是更好吗?!"

林像枫说："我也赞同孟莉还有艺洲的看法，我第一反应也是《朗诵者》。如果用《朗读者》，一般人也许会误以为是一档同名电视节目呢！当然话又说回来，名字本身并不是最重要的，要紧的还是内容，所以编剧要多下功夫，才能把这个反映我们这几年故事的片子拍得有声有色。你们师兄弟姐妹之间方便的话多碰下头，商量下人物怎么设计，情节怎么安排，是按故事片的方法来拍呢，还是用纪实手法拍成一部纪录片？我自己倒是偏爱故事片的，毕竟有情节的东西大家更感兴趣，不过拍摄难度大些，付出的时间也要多些。"

吴迪说："不过我们以前没有拍故事片的经验，接触的最多的就是电视栏目，还有新闻采访，微电影也不是没玩过，但都是些很简单的小儿科。我在北京公司上班的时候，偶尔倒是能接触到一些电影导演，去片场看他们拍过几部故事片，自己也跟着客串过几个角色。不过跟着玩是一码事，自己操刀就是另一码事了，完全不知道该如何下手，如果有个专业导

朗
诵者·
LANG SONG ZHE

演能带带我们就好了。"

几个弟子都点头称是，林像枫也觉得嘴上说说的确容易，行动起来就完全是另一种概念——依样画葫芦尚且常常难以形似，何况空中楼阁似的蜗行摸索？忽然眉头一皱，计上心来：兰军的先生不就是独立导演吗？能否向他求教呢？

林像枫说："徒儿们先别愁，'船到桥头自然直，车到山前必有路'，我觉得你们几个合计一下，先把剧本写出来，最起码有个简单点的大纲，这样咱们才能入手行动。至于向专业导演学习的问题，我们一起想想办法，我想总能找到救星的，'磨刀不误砍柴工'，眼下还是先定出方案要紧呀。"

这顿烧烤吃到凌晨4点，啤酒喝了不知多少瓶。除了"千杯不醉"的孟莉外，所有人都东偏西倒的，连艺洲都醉得失去了往日的矜持，吕鹏飞更是化身为醉金刚鲁智深，只差没倒拔垂杨柳了。几人互相搀扶着走回各自宿舍——因为临近暑假，学校取消了门禁，故而人人皆得大摇大摆昂首进门，不过因为醉意，身子不受意识控制，仿佛顶着铜盆骑着瘦马趔趄而行的堂吉诃德。

第二天天光大亮一睁眼，林像枫才想起昨晚的烧烤不是自己付的钱，却因为醉得失去意识，左右寻思，想不起是谁结的账。暂且先放过一边，给兰军打电话要紧：一来践约，二来向她先生取经讨教。

兰军说："我下周末回来，回来就告诉你。我把先生也喊来，虽然他忙，但导演一般来说时间比较机动，放心吧！"

林像枫吃下了定心丸，内心颇为自得。孟莉打电话来问林老师怎么样，酒醒了没有。林像枫说："放心吧！睡一觉就没问题了！你昨晚没喝多吧？对了，昨晚吃饭是你付的钱对不？"

孟莉嘻嘻笑道："师父，我工作了，有工资了，这次该我请客。吴迪说下次他请。你就别跟你的弟子们客气了！昨晚就我没醉，你们可都醉啦！你知道我是喝不醉的呢，哈哈！我们走以前再约！"

一会儿又有电话，是系秘书杨艳打来的，通知他下午到金色演播厅去选拔参赛学生。刚挂了杨艳电话，钱校长又亲自打电话来谆谆嘱咐、眷眷叮咛，爱才敬贤之心沛然可感。林像枫心里直犯嘀咕：在学校最需要用人之际，自己绝尘而去一走了之，岂是男子汉大丈夫之举？无奈木已成舟，眼下利用暑假闲暇，先全力对付这场主持人大赛再说。

下午2点林像枫来到金色演播厅——这演播厅的大门从门框、门楣到门把一律被漆得金光灿烂，的确不辜负"金色演播厅"的美名——参加选拔的学生还没有到，只有后台几个工作人员正在调试设备，见林老师来了，抬头跟他打招呼。

一会儿杨艳带着十来个学生来了——当中也有张艺洲和吕鹏飞，还有许久不见的草莓脸——见林老师先到了，赶紧上前招呼，歉意地说大家因为化妆稍微耽搁了会儿，林像枫大度地笑笑表示理解。工作人员打开了大灯，顿时整个演播厅布满了金色的光彩，仿佛此地不是学校，是阿里巴巴发现的藏宝山洞。杨艳这学期很少见到林老师，这时走近前来和他寒暄。林像枫惊讶地发现她胖了许多，打趣说是不是学校食堂的营养太好，一个女生笑着对他说杨老师有喜了，林像枫赶紧道贺，杨艳甜蜜一笑。

当年杨艳也是怀揣着主持人梦想来到传媒大学的，不意最后阴差阳错干了行政。尽管仕途也算亨通，从干事直到秘书，马上又要升为党支部副书记，不过内心总为梦想蹉跌而怅恨不已。当年林像枫曾经一度很看好她的才华，她因此一直视林老师为伯乐，从不改感恩之情，即使在林像枫最受冷遇的时候也从未落井下石过。

林像枫问杨艳为何只来这十几个人，多点选手不是更有竞争力么？依林像枫的意思，像这种规模和档次的比赛就该倾巢出动，搞人海战术，总会有若干精兵强将脱颖而出的。

杨艳附耳低语说："是啊，林老师，这个道理谁都懂啊！可是这马上就要放假了，如果规模搞得太大，万一影响了学生按时回家就不好了。你知道学校最担心学生的安全问题了，人少了才安全，又好管理，又少花钱。按学校以前的惯例，只要放假了天大的比赛也不会费心费力去组织的，你想当年的海峡两岸主持人比赛不就是这样吗？这次能够在期末组织学生参加全国比赛，已经算是破天荒头一回啦！所以咱们就知足常乐吧！"

林像枫想起往事，当然十二万分表示理解。杨艳又说："今天这十来号人都是我从大一大二各个班级里选出来的专业拔尖的学生，你看你的得意弟子张艺洲还有吕鹏飞不都在里面吗？"

朗诵者·
LANG SONG ZHE

139

这时草莓脸主动上前，对林老师打招呼说："林老师好！"

林像枫对草莓脸印象很深，故虽半年未见，一见就认得，指着他对杨艳说道："这也是一个得意弟子呢！"

杨艳问草莓脸："林老师也给你们班上课吗？"

"唉，我运气不好，林老师的课没分到我们班，但上次综艺娱乐晚会我做现场主持，林老师教了我好多。"

"哈哈，那你运气很好啦！林老师当年也是我的专业教师，我们班同学都觉得林老师好渊博，古今中外无所不知，大家都说林老师是我们这里首屈一指的大才子呢！"

林像枫赶紧谦虚道："杨艳，还能好好说话不？不就多读了几本书而已，有什么大不了的？"

"林老师读书真多，那可不是只多读了几本，简直就是学富五车呢！你们知道不？当年我们班有个男生叫兴立锋，特别崇拜林老师的文才，经常把自己写的古典诗词拿给林老师求教，有一天上课你还给我们念过。还有一次你给我们朗诵你写的《传媒大学赋》，文采真棒啊！"

草莓脸问："杨老师，这是多久前的事情啊？"

"十年前的事情了，那时我才上大一呢。时光过得好快呀！"

这时几位工作人员说："杨秘书，林老师，你们准备多久开始？我们已经把设备调好了。"

林像枫说："好的，那现在就开始吧。杨艳，哪些内容？"

"每人一分钟自我介绍、两分钟自备朗诵稿、一段模拟主持，题目在我这儿。"说着从包里取出一张纸递给林像枫。

林像枫一看纸上印着30个题目，基本不沿寻常套路，有的还格外刁钻精怪，不由得咧嘴笑了，心说这某卫视不愧是娱乐界的先锋前沿，连想个主持话题都要剑走偏锋。譬如有一个题目是这样："请你以'矫情'为题，模拟主持一期现场互动节目"；还有一个话题类节目更榨脑汁："请你以'完全真心话'为话题，主持一期访谈类节目，嘉宾随机找"；最奇葩的题目是："如何让凤姐成为全世界最美的白雪公主？"……等下舞台上一定笑点多多、亮点不断、热点频现，因为所有学生都会被"囧"得语塞，平时的能说会道此时全让位于临场的即兴发挥。或许，让你"囧"得难堪，正是这场比赛的亮点所在。君不见，川菜之所以为川菜，不也正因为"麻辣"得爽快么？

业界有一位主持大咖曾经把主持水平分为三个层次，即技巧介入、智慧介入、情感介入，更视情感介入为主持的最高境界。可在林像枫看来，这个分类本身就有故弄玄虚之嫌，主持人主持节目一定要用心真诚，这话不假，但心诚却并非就等同于"情感介入"，尤其对于煽情的娱乐节目而言，主持人实在无须走入嘉宾的内心，因为这是两人的艺术合作，而非关起门来谈恋爱。况且在访谈节目里，嘉宾往往才是真正的主角，主持人不过扮演红娘而已，为话题和嘉宾设置了理想的相亲，红娘的任务就算圆满完成，或许事先要周密布防，事后需叠被铺床，不过无论如何取代不了嘉宾的重要性。尤其嘉宾谈论的话题内容主要是为观众服务的，跟主持人之间形成一种"换位互动"——主持人代替或者代表观众发问，客观立场多，主观介入少，此一情形下再言"情感介入"，不就显然有失偏颇了么？

林像枫正作如是想的时候，杨艳已经让参赛的同学随机抽取了题目，给予适当的时间做准备。工作人员这时已打开了摄像机，开始全程录制了。

第一个上台的女生个子很高，五官也很清秀，林像枫看个人简历上说是去年辽宁省艺考第二名，于是饶有兴趣地关注。

不愧是东北女子，自我介绍做得干脆利落、要言不烦。自备朗诵作品是话剧《阮玲玉》的一段独白，看得出来准备充分，能够以情动人，且声韵铿锵、表达流畅，现场同学都齐声叫好，林像枫与杨艳对视点头。

最关键的模拟主持环节到了。东北女生毫不慌乱，看上去成竹在胸，对着镜头侃侃而谈——是一个较为普通的话题，不过现场观众们听来，都觉得像在进行新闻评论，而不是趣味性十足的娱乐主持。林像枫心内长叹，他之前就预感会有这样的结果，昨晚吃烧烤还在打趣说，希望参加选拔的同学不要把娱乐节目话题当成新闻事件去评论，没想到今日果然一语成谶。

接下来几个学生的表现四平八稳，没有特别的亮点。林像枫有些紧张地期待艺洲、吕鹏飞还有草莓脸登场亮相。

终于吕鹏飞出场了，一副镇定自若的样子。在舞台上站定后，先是微

朗诵者·
LANG SONG ZHE

笑着用眼睛一扫台下众人，然后轻吸一口气，开始做自我介绍———一下子所有人的眼睛就被他这不经意间的一瞥一吸、一颦一笑吸引过去了，这是林像枫教给弟子们上台自我介绍前的表情语言，说常会收到"此时无声胜有声"的事半功倍之效。唐诗中形容音乐之美有妙句云："言迟更速皆应手，将往复旋如有情。"不是也强调心手相应的节奏感才能突显音乐的魅力么？

毕竟经历过舞台上的历练，吕鹏飞的表现果然高人一等。在对付奇葩话题的时候，他明白"非常话题必须用非常手段对付"的道理，并不正面应战，而是用古典小说中"得胜头回"的方式，先说上一段有意思的引子，然后转出正题，果然能吸引人的注意力。虽然在林像枫、杨艳看来，诙谐幽默的意味尚浅，知识量亦有欠缺，不过对于才读一年大学的青年人，已属难能可贵了，故而大家都给吕鹏飞以热烈的掌声。看吕鹏飞自信泰然的神态，可以感觉他对自己今天的表现也较为满意。

林像枫心想：年轻人的潜力真是不可限量，难道这样的应变能力是老师能够教出来的么？非也。好比纪昌学射，先练不眨眼，后练视小如大，"而后可言射矣"。师父只起引导作用而已，使徒弟得其门而入，少走弯路，自然就上正轨，加以后天努力，多积累知识量，逐渐对于话题类的主持就可手到擒来。吕鹏飞是个大有前途的小伙儿，未来可望在各种语言大赛上挑大梁，不过——林像枫又不无伤感地想：自己的工作重心已经向外转移了，而且，完全离开也不过是时间早晚的事……

这时杨艳对同学们的表现做了扼要的点评，鼓励剩下的同学多动脑筋，争取使主持内容能更加丰富、更加有内涵，然后请林老师做半场总结。

林像枫说："刚才上场的同学们都做了比较充分的准备，而且设计包袱和解读话题还很有自己独特的方法，这些都很好。不过大部分同学论今天场上的整体表现，虽说都尽了力，但要满足或者达到某卫视对娱乐节目的要求应该还有差距。娱乐节目最大的特点，不是为了搞笑而搞笑，如果仅仅为了好笑，你从网络上找一大堆笑话来讲不就得了么？干吗还要煞费苦心编排节目呢？所以，好笑好玩只是皮相的东西，真正的精髓是创意，是出人意料之外又在情理之中，我这么说大家可能觉得太玄乎，有些卖关子，甚至故作神秘，那我就举一个实例吧。"全体同学屏息凝神、鸦雀无声地听，连杨艳都睁大了眼睛，"有家沿海地区的电视台为了锁住观众的眼球，在节目创意方面做足了功课。有一天新节目开播了，没想到片头播映了都好一会儿，还不见主持人出场，这时候编导紧急打出字幕——'因主持人临时爽约，故今日暂且用动漫主持代替'，于是几个卡通人物出来叽叽喳喳一阵介绍后，镜头转向外景，这时男女主持人亮相了，哈哈笑着说是跟观众开个玩笑，然后还俏皮地问'怎么样，我们今天的节目有创意么'这样调侃的话，结果听说那天的收视率比平时高了三倍。你们肯定会有很多人说这样的做法比较吸引眼球，但从硬币的另一面看来，的确达到了吸引眼球的效果，越出乎观众意料的东西，他们就越感兴趣，所以这种创意也算抓住了观众的心理。当然，任何有创意的做法都只能使用一次，如果换汤不换药地再来一次，观众反而会反感，但节目的创意本身就像是旅游旺季的临时餐馆，不期待会有回头客的。既然这样，那干吗不大胆做一次'哗众取宠'的事呢？"

林像枫说完，全场爆笑，连一向内敛沉稳的艺洲都忍俊不禁。杨艳边笑边说："林老师，你将来一定是一个老顽童，年纪越大越好玩，难怪大家都那么喜欢你！"

"这我相信！哈哈……干咱们这一行的如果连最基本的风趣和童心都失去了，那他就干脆退出江湖得了！你同意我的说法不？"

在轻松而兴奋的气氛中，选拔继续进行。主持如同编剧，一旦开了脑洞，奇思妙想就层出不穷。草莓脸上台的时候，一身迷彩服，口袋里似不经意露出几张百元大钞，原来他今天抽到的主持话题是"你喜欢'高穷帅'还是'矮矬富'"，于是用这样的装束来对应话题，结果妙语连珠、逻辑严谨，赢得大家一片叫好之声。如果今天的选拔要评个"最佳人气奖"的话，那无疑非草莓脸莫属了。

艺洲则仍秉持一贯的风格，似乎并不因为大家的趣味转移就跟着去追赶潮流，这也是林像枫最欣赏她的地方。自从那次海峡两岸主持人大赛后，林老师对艺洲弟子就有了全新的认识：她稳重细腻，心理素质好，懂得扬长避短而不是一味跟风。尤其难能可贵的特质是：艺洲或许在应对某个话题时并不特别出彩，但也绝不会轻率地失误。用"木桶理论"来形容

朗诵者·
LANG SONG ZHE

143

——艺洲没有短板，于是木桶容量反而意外得大。相较而言，草莓脸的做法容易讨一时的好，但也可能毁于一旦。如果套用《三国演义》里的用兵之道来比方，艺洲就像是诸葛孔明谨小慎微稳扎稳打，而草莓脸就好比魏延建议从子午谷出奇兵一举攻克长安。孰是孰非？无可轩轾，无从考证。或许还是庄子说得好："彼亦一是非，此亦一是非。"

经过三个来小时的拉锯战，主持人选拔终于告一段落。简单的总结后，杨艳对大家说："按这次比赛组委会的规定，我们学校晋级决赛的选手不超过五名。也就是说，最终晋级决赛的选手是从你们这十多位同学中间选拔产生，只有一小部分能够晋级。那么到底花落谁家呢？考虑到比赛的重要性，也考虑到毕竟我们今天的选拔没有像以前的选拔赛那么正规——有好几名评委老师，有计分、统分的同学，最后还要算出平均分，相对更加客观些。这次没有搞这种比较正规的选拔赛，是因为一是考虑到暑假到了，很多准备工作确实来不及，二来也想到我们系的专业教师除了林老师一个人以外，都没有太多接触过娱乐类型的节目主持，担心很多老师还是用新闻评论的标准来考核我们的选手，如果这样的话到了电视台那边肯定是会全军覆没的。现在大家休息下，我跟林老师好好商量晋级人选，不管最后哪几位同学进了决赛，我认为今天的选拔就是大家最好的一次娱乐节目主持课程，大家觉得是不是这样？那就给我们的指导老师——林老师——热烈的掌声吧！"

林像枫赶紧摇手说不必，但掌声已经像夏日雷阵雨一般洒下来。同学们稍事休整，林像枫跟杨艳讨论晋级人选。

艺洲和草莓脸——其实他本名叫王佐军，今天林像枫才知道——当仁不让直接晋级，毕竟二人各擅胜场，一时瑜亮。吕鹏飞也无多大分歧就获得了通过，毕竟场上表现可圈可点，有目共睹。另外两个名额就让杨艳与林像枫觉得挠头了：剩下的十多个学生都无特别的亮点，如果全部淘汰，可惜了宝贵的名额；如果随意晋级，又担心招来闲话说自己任人唯亲。经过左右权衡，还是决定让第一个上场的东北女生晋级，最后剩下的一个名额，给了一个有说相声经历的江西小男生汤雪飞。

杨艳通知所有同学回到演播厅，当面通知了入围决赛的选手名单，大家听到老师们的相关评价后，都表现得心服口服，并对晋级选手致以热烈的掌声。然后五位决赛选手留下，别的同学就各自散了。杨艳先拉五个人到一边登记相关情况。

这时孟莉与吴迪带着一个人来了，林像枫一看是帮助过自己排练娱乐晚会的游运齐，颇为惊讶。吴迪笑说："师弟来出差，顺便也特地来看望林老师。"

"运齐，你来得正好，每次都雪中送炭。你走南闯北，经验丰富，给我们几个决赛选手提点好建议吧！怎么才有可能在强手如云的最强赛上脱颖而出呢？你觉得他们几个有希望么？"

游运齐笑道："按我见过的来说吧，某卫视的节目主要是创意好，主持人跟编导的磨合也到位，当然主持人也非常优秀。还有他们能吃苦，不怕花工夫，这些说起来普通，听起来平凡，但真不是别的电视台能比的！就说去年，我去沿海一家有名的卫视台谈业务合作，也亲眼看到他们台的编导制作外采节目，那个得过且过、做一天和尚撞一天钟的状态，简直不看不知道，一看吓一跳！领导不提出要求，是绝对不肯多花点心思和精力去想把节目做得更好的。这还是有名的省级上星电视台，一般的电视台就更是磨洋工了，偷工减料的事情多了去了！"

吴迪插话道："不至于吧？做好了节目不是待遇还有发展啥的都跟着好了吗？"

"那要看是哪种体制——有些电视台裙带关系太多，很多老员工出工不出力，不求有功但求无过，领导也不敢把他们怎么样。要知道创意呀、点子呀啥的不绞尽脑汁怎么想得出来呢？偏偏老员工才懒得费这个心吃力不讨好，新员工有积极性吧，又缺乏经验。这几年在网络冲击下，电视的收视率受到影响，广告收入就跟着被影响了，待遇提不上去，又能鼓励谁的积极性呢？这种恶性循环谁有能力打破？"

孟莉说："某卫视不就打破了吗？"

"所以我才说某卫视不一般嘛，其实也没啥特别不得了的，其实就是做到了办好电视台的基本要求——吃苦，下功夫，主持人和编导素质高。而别的电视台连这几个基本要求的1/3都做不好，加上新媒体的冲击，不萎靡才怪呢！"

林像枫笑道："分析得好！确实见过世面不一般啊！不过我们就管不

朗诵者·
LANG SONG ZHE

145

了电视台怎么才能办好了，我们不是电视台的领导，这种事就算想操心也插不上手，还是告诉我们的选手怎样才能取得好成绩吧！"

"其实我就是在说我们的选手该怎么做呢！只要做到了我刚才说的几点要求，就能取得好成绩了！"

吴迪反驳道："就这么简单？要你这么说，我也能做到！师弟，你这是站着说话不腰疼，哪有这么随便动动嘴皮子就能保证比赛取得好成绩的？哪一次参加比赛我们不是呕心沥血、伤筋动骨呀?!"

林像枫忽然想起一句古语："无为而治。"心说没准游运齐的话也有道理。以前的比赛大家都是殚精竭虑地想、熬更守夜地干，结果筋疲力尽，成绩还未必尽如人意。倒是让心情放松下来，不以比赛为意，不把名次看重，结果反而不错。例如艺洲，强在本色，妙在自然，所以从来都不会掉链子，那次的海峡两岸主持人比赛她还来着例假呢，差一点就放弃，可最后不照样位列榜眼吗？

于是林像枫开言道："我套用一句司马相如《上林赋》里面的话——'运齐未曾失矣，而吴迪亦未为得也。'哈哈！说心里话我确实也被运齐说动了，很多深奥的道理其实都隐藏在浅显的事实里，只是我们不愿意去观察，或者觉得理由太过于简单，不愿意去相信罢了。运齐虽然年轻，不过见的世面可不少，所以看问题有头脑，加上旁观者清，往往就能一针见血呢！我们经常自以为经验丰富、专业性强，可往往陷入一种误区，总觉得标新立异才是最好的节目创意。运齐今天的话提醒了我，也提醒了我们大家，没准很多时候返璞归真才是最好的创意，越追求高精尖就越容易走入另一种误区——也就是不管是不是言之有物，先做到与众不同再说，甚至极端到天南海北不知所云的地步。我们现在清醒了这一点还不晚，脚踏实地地去干，不去一味追求标新立异，也许反而能做到事半功倍呢！"

这时艺洲问道："师父，娱乐节目还是需要新意的，要不然干吗都说娱乐节目跟一般节目不一样呢？我觉得我是因为缺少这方面的天赋和经验，没办法才只好追求四平八稳。我要有王佐军那样的脑子，就跟他一起唱双簧了！可惜没有胆量，怕人笑话，只好不去冒险了。这次的比赛如果不像上次的晚会一样有创新精神，我们怎么能吸引评委的眼球呢？"

林像枫感慨道："所以说主持人这碗饭真不好吃呢！不是简单动动嘴

皮子的问题，也不是普通话字正腔圆就可以舌灿莲花的。有丰厚的文学底蕴确保言之有物，有恰到好处的尺度拿捏确保话题既新颖又出于自然，有相当丰富的互动经验确保临危不乱或者遇险自救——做到这些才可称得上是一个合格的主持人，至于是否'娱乐'只是个形式问题罢了。所以我觉得还是运齐看问题看得透，他既了解我们主持人这一行，同时又天天跟不同的人打交道，对不同人群的心理基本了如指掌，当然知道观众的心理需求了！用一句成语形容，就叫'高屋建瓴'才对！"

游运齐谦虚道："林老师你过奖了！我哪有你说得那么神啊？当年不是因为我爸妈反对，我也就跟迪哥一起进你们学校学主持专业了！结果干律师工作好几年，对主持的兴趣一直没丢，也许这样才培养了好口才。圈内都叫我'毒舌'——哈哈，是'舌头'的'舌'，不是'响尾蛇'的'蛇'，法庭辩护的时候确实太有用了，没有对主持的爱好我想我律师这碗饭也是吃不好的呢！"

众人啧啧有声，觉得游运齐真朴实得可爱，完全不像是法庭上咄咄逼人的"毒舌"，或者捕食猎物时狡黠贪婪的"响尾蛇"。

这时杨艳喊大家一起去食堂吃晚饭，众人疑惑时间还早呢，结果一看手机都6点多了，于是嬉笑着一起向食堂走去。

杨艳引大家进了包间。钱校长赫然在座，笑容可掬地向大家点头招呼。除吴迪外，几名学生第一次得到最高领导接见，都有些拘谨腼腆。倒是游运齐泰然自若，主动上前问候。钱校长听说了游运齐的职业，颇感兴趣，态度格外热情。

席间，钱校长问起这次比赛的前景，林像枫大大方方地说："我们学校的学生是很有竞争力的，去年的海峡两岸主持人大赛已经初步展示了他们的实力，这次的大赛相信经过大家的努力，一定会取得新的突破！"

钱校长对众人笑道："你们能遇到林老师这样的才子做你们这次比赛的指导老师，是大家的幸运啊！林老师是我们学校的专业全才，诗词歌赋都很精通，主持节目也有相当丰富的经验。这说明，我们学校不仅设备国际一流，师资力量也是一流的！你们这次参加主持人大赛，如果也能取得好成绩，那就说明我们的学生更是一流的！怎么样，同学们，有信心拿到好名次不？"

艺洲们诺诺连声，深为"世界第一艺术大学"的身份而自豪。杨艳告诉钱校长每人的名字和情况，钱校长逐一观察各人面容，忽然像发现新大陆一般对林像枫说："小林，上学期你搞的那个晚会不就是由他们当中几个人主持的吗？"

"校长，您的记忆力太好了！上次那场综艺娱乐晚会的四个台上主持人今天都在，您看，就是他们四个！还有，王佐军虽然不是台上主持人，也是台下跟观众互动的主持人，所以这次我们的阵容很强大啊！他们基本都有现场主持的经验呢！"

钱校长更加高兴，连声说："好好好！来！杨艳，给大家满上一杯红酒，我要敬大家一杯！预祝你们这次比赛发挥出色，为母校争光，学校这次要当好你们的强大后援，为大家提供人力和经济的双重支持，路费和食宿通通报销，你们安心比赛！不要忘记你们都是传媒大学的骄子，我们等候你们师生载誉归来！来，干杯！！"

学生们听说学校要解决路费和食宿的问题，不禁激动万分，齐声欢呼，一口喝干满满一杯赤霞珠，还情不自禁热烈鼓起掌来。林像枫跟杨艳对视一笑，也干了杯中酒。

（二十一）

一个细雨霏霏的周末下午，林像枫赶到芳草湖公园去跟兰军和她先生会面。

林像枫找了个茶座坐下，正左顾右盼的时候，兰军先到了，歉意地说先生正在赶过来的路上，然后二人对坐聊天。

林像枫五年不见兰军的面，很惊讶她依旧如当初一般年轻，昔日学生时代的长辫子衬着清秀的脸庞，仿佛柳条拂过水天一碧的池塘。

二人很快就聊得热火朝天，从往事聊到近况，从校内说到社会。林像枫觉得格外高兴：多年不见，二人对于艺术语言——主持、朗诵、配音、台词——的看法居然如此契合。话语投机则千句不为多也，故而谈兴大发，纵意而言，自然，也说到了自己在磊爷手下的不堪遭遇。兰军静静聆听，脸上不时露出惊讶之情，间或问及课程安排及工资待遇，微笑着摇头轻叹。

林像枫一直不了解电影学院的待遇情况，人事处小巫当初给他提过，不过一来他忙于卷宗故而语焉不详，二来林像枫病笃投医因此未敢计较，今日见到老友，正好借机打听。

　　兰军说："刚才听你说你们传媒大学的课时费，我真有点不敢相信呢。上次你给我打电话也说过你们的待遇比农民工还不如，我当时还想搞艺术的人说话都爱夸张，今天听你这么详细一说，我才明白你这样比方真的跟艺术无关，完完全全是实情！真是想不到，外面看起来你们学校真是光鲜无比，没想到老师的待遇真的就是这个……"边说便举起茶杯。

　　林像枫蓦然明白了兰军要说的是"杯具"，一时乐了，笑道："可不是么？悲剧，让人打掉牙往肚里咽，有苦说不出的悲剧！其实，待遇低也就罢了，搞艺术的人一半儿凭精神力量活着，是不是？偏偏我的悲剧是爱较真，尤其在喜欢的东西上。如果仅仅是混口饭吃也就罢了，偏偏我又酷爱语言和文字。前半辈子不争气，没混到名牌大学的文凭，白手起家，草根创业，当然珍惜大学老师这个职业，想把自己对艺术的理解一股脑儿全倒给学生，谁知道会戳到磊爷的痛处呢？真是一路坎坷行来，十年的艰难困苦，不堪回首……好在托老朋友的福，终于跳出来了！要不然，还不知道要这样沉沦多久呢?！"

　　"林老师你客气了！我没帮到你啥，都是你自己的能力帮助了你，如果不是这样，你也不会通过二位院长的亲自面试了，对吧?"

　　"哈哈，谢谢你的鼓励！我一定珍惜这个好机会，认真把课上好。"

　　"你上课的水平我可是丝毫都没怀疑过呢，到我们学校一定会更受学生喜欢的。我们学校的待遇怎么说也比你在那边学校高一截，至少要多1/3吧，民办学校的待遇都不会太高的，不过我们电影学院的工资跟老师们的付出相比至少要吻合些，不至于比农民工还不如……"

　　这时一个人大步流星地走过来，看见兰军，也不说话，一屁股就坐在兰军身边。兰军跟林像枫都吓了一跳，兰军笑骂道："死鬼！也不招呼我们一声就坐下，太没礼貌了！吓我一大跳！"

　　这人哈哈大笑，向林像枫伸出手来："你好，你就是林老师吧！老听兰军提到你。"

　　兰军说："这就是我老公，党桦林。党导演怎么这么晚才来，是不是又约奥斯卡电影奖的评委们一起畅谈去了？对了，下届奥斯卡奖该发给谁呀？"

党桦林笑说："兰军，当林老师面，你就别拿我打趣了！林老师，做我们这行的时间都不是自己的，好容易拍完一部戏，想好好放松一下，陪老婆出去逛逛街、旅旅游，结果要不就是制片方对刚拍完的片子不满意，要求修改、补拍，要不就是下一部片子又缠上你了，我经常说……呃，对不起，电话来了，你们先聊……"边说边出去接电话了。

兰军说："林老师，你也看到我先生了，就这么个德行！平时成天嘻嘻哈哈的，没个正经，可工作起来就像玩命一样，一投入起来啥都不管不顾了！所以好多制片方喜欢他的工作态度，都愿意跟他合作。"

"我一看就看出来了，你老公一定是那种忙起工作来三过家门而不入的类型，哈哈！可他这么忙，你岂不是成天要独守空闺呀？"

"我这不在外面读研嘛！等毕业后回学校继续工作，他也就不这么玩命了。再说我们俩还打算我这儿研究生一读完就要孩子，那时好多戏他都不会接了。可现在，不接也不行……"

"是啊，钱是挣不完的，干吗非得这么拼命呢？"

"呵呵，不全是为了挣钱，其实都这个年纪了，少挣点也不影响啥。主要是他下面有一帮子当初赤手空拳陪他打天下的兄弟，如果他不接戏，那帮兄弟们就没活干。跟了他那么多年，总不能让自己的朋友们喝西北风吧！"

"哦，原来这样，人在江湖，果然身不由己呀！"

这时党桦林回来了，坐下就问："在说我啥呀？哈哈！"

林像枫说："说你能干！"

兰军说："说你为了工作忘了家！"

"哈哈，哪有哪有！我并不能干，独立电影导演如果能干，就别想拍出好片子了，他的最大能耐就是培养和团结一帮子能干的兄弟们跟他一起打天下。"又转头对兰军说，"我可从来不忘家！你在外面读研，回家也只是我一个人，那还不如利用这几年时间好好拍几部戏。等你毕业了，我就打算不做导演了。"

"那你准备做什么？"

"做你的全职老公，安心培育我们的下一代，哈哈！"

"话说得真甜，能不能兑现啊？哼！"

这时林像枫插话道："党导演的话一定可信，要不干吗说我们的行动'要跟党走'呢？哈哈！党兄啊，有个事我跟兰军说过，她也跟你提过吧？就是我的学生拍摄毕业作品的事……"林像枫一五一十把《朗诵者》的想法给党桦林勾勒了一遍。

"嗯，你这个想法兰军给我说过，我觉得想法很棒啊！你打算多久开始动手拍？"

林像枫掐指一算：暑假之内出大纲，九月写分镜头剧本，十月份物色演员，十一月开机，几个月时间拍摄、剪辑、后期制作……明年三月可望杀青。

党导演摇头道："这个进度太慢了！拍戏要争取一鼓作气，时间拖久了人就疲了，士气就不对了，最后片子的质量就不能保证了。片子跟人一样，都是有情绪的。情绪好，整部片子就像行云流水一样，节奏特别到位；情绪不好，拍还是那样拍的，人也还是那些人，可整个节奏像感冒鼻塞一样，硌得慌！所以整个进度要控制在一个月左右，要不然出不了好东西！"

兰军说："人家主创人员是大学生，怎么可能有你们片场那样高的效率？"

林像枫也说："是呀。"

党导演道："只要导演指挥得当，就不是问题！"

兰军说："那好呀！你去给林老师当导演吧，那肯定啥都不是问题！"

林像枫窘迫地笑笑说："这都是开玩笑了，党大导演怎么能屈尊给我们学生的微电影当导演？何况还没有钱……"

党导演说："其实有没有钱不重要，关键是看值不值得拍。"兰军对林像枫使了个俏皮的眼色，"一部戏编剧特别棒，没钱也要拍出来，如果是个烂本子，钱再多也不想干！我愿不愿意当导演，就要看你们的剧本好不好了！"

兰军说："我老公说话从来都是快人快语，说一不二。林老师，让你们的学生在编剧上多花点力气，然后把本子拿给他看一下。只要本子

朗
诵者·

LANG SONG ZHE

好，我们家大导演一定会伸出援手的，对不，党导演？"

林像枫觉得兰军颇像九天玄女娘娘，自己就是宋江，在危难时刻蒙她授予三卷天书，从此星途得意，屡建奇功。党桦林也如兰军所说，性情豪爽，快人快语，既然今日慨然允诺，那必定是"一言既出，驷马难追"的。

林像枫邀请二位朋友一起吃晚饭，党桦林和兰军都摇头称谢，说今晚还有安排，晚餐就心领了，以后再约。临别的时候，兰军忽然悄声对林像枫说："我回来听说林岚还是单身，嘿嘿……"没等林像枫反应过来，他俩已去得远了。

林像枫走出公园大门，见细雨早已停了，西方天空残夏如火，浩瀚的黄昏天宇唤起了他尘封已久而无心揭开的记忆。他一直觉得林岚像一个人，此刻忽然想起她像谁了——他当年刻骨铭心的恋人"茶花女"。

其实眉宇容貌并不酷肖，但一举手一投足的某种味道却十分相似，尤其那专注聆听的神情和嫣然一笑的姿态，颇有"临水照花人"的雅趣，"不受尘埃半点侵"的韵致。

林像枫完全没有想到，自己现在的悄然心动，还是因为有她"如影随形"，她的芳踪情影在林岚身上重现了。

他觉得自己的心已是古井中水，不可能再起波澜的时候，林岚却载着她的芳魂来了，离他是那么近，近在咫尺。

是造物者有意的安排么？他不知道。他只觉得，冥冥之中一切仿佛都被造物者洞悉。

林像枫觉得眼泪就要夺眶而出，再也无法按捺。他急步走到一个僻静的角落，任由泪水尽情宣泄。

渐渐冷静下来后，林像枫蓦然觉得自己好笑，林岚只是气质神态上像当年的女友罢了，毕竟并非一人，上天不会再把她送回自己身边来的。况且就算自己落花有意，怎么预知流水是否无情？再说又如何知道人家的择偶标准？自己刚才泪如泉涌，是把林岚彻底当成了当年的她，林岚要是知道自己如此自作多情，还不知如何觉得可笑呢！

不过，既然林岚眼下是单身，那就一切皆有可能……

这时手机响了，林像枫一看是个陌生号码，接听了："喂，哪位？"

电话里说："林兄啊，好久不见，我是唐梦元啊，天府大学的。"

唐教授过目不忘的记忆力堪比《三国演义》里的张松，林像枫自然对他印象极深："噢，唐教授！您好您好！好久不见！"

"林兄啊，给你打电话是想跟你商量个事——"

"唐教授不客气，喊我小林就行了，您说。"

"好的小林。林兄啊，上次我们的那场诗歌朗诵晚会你表现得很好啊，作协主席到处夸奖你，私下里聚会的时候还说到你呢，真的很棒啊！谢谢你！"

"过奖了过奖了！术业有专攻嘛，唐教授，是你们创作的精美诗篇给了我们这些朗诵者在舞台上二度创作的灵感，应该谢的是你们才对！"

"林兄啊，不要客气了，你们的二度创作大大提高了诗歌的意境，把诗歌的音乐性通过朗诵的方式表现出来了——我找你就是特地跟你聊聊我对于朗诵的一个想法。"

"唐教授的高见，我洗耳恭听，您有什么样的想法呢？"

"是这样的，前阵子我忙着完成科研项目，所以现在才跟你联系，我早就有个想法——这也是那天朗诵晚会结束后作协主席提醒我的，他说，我们天府之国拥有众多优秀的诗人，也拥有像你这样杰出的朗诵家，我们应该团结起来成立一个朗诵团才对。林兄，我这么想，我这边呢就由我来团结我们的诗人们，你来负责组织朗诵家们朗诵优秀作品。我们这个团体直接挂靠作家协会，这样经费和政策就有了保障，不知林兄你意下如何？"

"哎呀！唐教授，你的提议太棒啦！可以说是为我们天府之国整个文艺界造福呢！我当然是一万个愿意啦！"

"好，既然我们两个人一拍即合，那就算一言为定啦！等我把这几天忙完，我们先见面聊下细节。要挂靠作协，该履行的手续和该呈报的资料还是要全部完成的，虽然作协主席很支持这个想法，又跟我是好朋友，不过作协毕竟是官办机构，操办下来的一系列程序是很严谨的。那就等我给你电话，我们见面说吧！"

"好的唐教授，一言为定，再见！"

放下电话，林像枫恨不能立刻仰天长啸，大声抒发多年来郁积于胸中的块垒，也淋漓尽致宣泄壮志初酬的极致狂喜。他再度热泪盈眶，预感到自己的最大梦想快要实现了——做一个真正意义上的"朗诵者"。为了这个梦想，他义无反顾，死而后已。

（二十二）

朗诵团的筹备工作进行得很顺利。唐教授自然学富五车坐拥皋比，但绝不仅仅是只会舞文弄墨的一介书生，或者满口"之乎者也"的一名腐儒，其动手能力、办事能力反而皆非常人可比。天府之国作为大西南的艺术中心，各种艺术团体林林总总琳琅满目，唯独在朗诵艺术这块阵地上却一直付之阙如，今日总算在唐梦元教授和林像枫老师的默契配合下，从以往民间的游兵散勇真正凝聚成组织严明的艺术大军了！许多优秀的语言艺术家、作家、诗人都成了朗诵团的主力，团员经过短短几个月的发展，就从当初的10余人迅速增长到200多人。

很快，天府朗诵团召开了成立大会，作协主席亲自主持，各级文化艺术部门主管领导也应邀出席，会场蔚为壮观。所有团员们的共同心愿是：在全国的大舞台上集体登场亮相，宣告西南朗诵艺术的强势崛起！

林像枫跟唐教授成了莫逆之交。唐教授以前只知道林像枫会朗诵，后来了解他的文化底蕴尤其是古文功底后，惊叹相见恨晚，自然从此更加惺惺相惜了。唐教授要林像枫当团长，说你是朗诵专家，林像枫要唐教授领头，说你才是首席发起人，二人争持不下，最后并列成为副团长，特邀林像枫当年的配音老师——话剧界的首席大咖出马担任团长，于是人人各得其所，皆大欢喜。

八月份的金鹰主持人大赛林像枫因为忙于朗诵团的筹备工作，一时竟无暇顾及，好在弟子们都很争气，全都杀进了最终决赛，用他们自己的话说："因为师父不在，我们只好怀抱一颗平常心，所以全部进了决赛。"

九月份电影学院开学了，林像枫走上讲台，上课驾轻就熟，名声不胫而走，结果很快传到钱校长耳中。钱校长专门找林像枫谈心，谆谆告诫"不可一只脚踏两条船"。林像枫深为"用情不专一"自惭自愧，于是辞去了传媒大学的工作，从此一心一意在电影学院开辟新天地。

朗诵者的故事到这里就要结束了。我知道，关心林像枫的读者一直有一个心结，听说我们的故事要画上句号了，会赶紧对作者说："且慢！林像枫跟林岚怎么样了？我们最关心的问题是：他们俩最终在一起了吗？"

我看到：在一个阳光明媚的清晨，一朵白云向着远方的青山悠悠飞去，那是它昨晚离开的地方。山峦、陵谷、青草、丛林……变幻成阳光下绮丽的景色，白云轻盈地穿花度柳，越溪过涧，追随飞鸟的脚步，应和流泉的叮咚……

　　"等等！扯哪里去了？我们要知道林像枫和林岚的故事！"

　　难道我说的不是林像枫和林岚的故事吗？

（完）

跋

我以前一直以为写小说很难，尤其是长篇小说，需要托尔斯泰、雨果、狄更斯、曹雪芹那样的绝世天才才能创作出《战争与和平》《悲惨世界》《大卫·科波菲尔》《红楼梦》这类皇皇巨著。

读了很多文学作品以后，突然有一天发现写长篇小说其实并不像想象中那么难（当然不是指刚才列举的那类长河式的史诗巨著），至少于我而言，比写新诗容易多了。或许写诗需要天赋，写小说则更多需要有丰富的人生阅历和知识积累，恰好前者我之所短，后者我之所长也——于是这部长篇小说也就水到渠成了。至于写作这个题材的缘起，序言里已经说得很清楚了。

需要强调的一点是：本书是小说，不是纪实文学或新闻报道，所以情节纯属虚构，人物自然也是天马行空，读者切勿对号入座，更无须杯弓蛇影，因阅读本书而引起的神经衰弱，作者概不负责。

我不否认林像枫身上有笔者的影子，但笔者本人并不是林像枫，好比方鸿渐不是钱钟书，列文不是托尔斯泰。创作人物使用的依然是鲁迅手法："杂取种种人，合成一个。"此无他——为了简化旁枝末节，集中主要矛盾，以达去芜存菁、踵事增华之效，只好将书中的主要人物精简到尽可能少的地步。

据说华夏大地这两年迎来了朗诵的春天，于是给相知的朋友聊及《朗诵者》一书即将杀青的时候，他们眼中的语言是：真会抓机会。殊不知我这本书的发轫很早，四年多前就开始酝酿构思，当时中央电视台的《朗读者》还未浮出水面呢。只是一开始写了两万字就因各种琐事放下了。毕竟本人不是官方钦定的作家，亦非网络写手，写作读书纯粹是兴趣使然罢了，并不像古人所云"著书都为稻粱谋"，我的生存之道是在三尺讲台上传道授业。结果一边搜集各种素材，一边在杏坛谋稻之余断断续续地写，中间几度浮沉奔波，我终于在本年内完成全书。

　　顺便提及，这是本人第二部长篇小说，第一部眼下还待字闺中，若有机会也想将它出版。

　　我自信本书的出版，是为四川乃至全国朗诵界做了一件有意义的事。具有可贵文化情怀的经纶风图书公司洞明我的肺腑，不仅主动为我联系出版社，并且精心设计封面、插图和版式，我相信尊重艺术者也必然赢得市场尊重，特此致谢。

朗
诵者·
LANG SONG ZHE